AF303879

PROTOKOLL 7

–

DIE GLÄUBIGEN DES SCHÖPFERMYTHOS

Impressum
John D. Sikavica c/o Dražen Sikavica
https://www.facebook.com/JohnD.Sikavica

Bibliografische Information der Deutschen Nationalbibliothek: Die Deutsche Nationalbibliothek verzeichnet diese Publikation in der Deutschen Nationalbibliografie; detaillierte bibliografische Daten sind im Internet über dnb.dnb.de abrufbar.

© 2020 John D. Sikavica
Umschlaggestaltung/Cover: Giusy Ame / Magicalcover.de
Bildquelle: Depositphoto / Pixabay

Korrektorat: Jasmin Rotert - Textwerkstatt Korrekturen für Autoren mit Herz

„Herstellung und Verlag: BoD – Books on Demand, Norderstedt"

ISBN: 9783750440456

Dann sprach Gott: Lasst uns Menschen machen als unser Bild, uns ähnlich! Sie sollen walten über die Fische des Meeres, über die Vögel des Himmels, über das Vieh, über die ganze Erde und über alle Kriechtiere, die auf der Erde kriechen.

Genesis 1,26

Kapitel 1

Die Luft war stickig in dem unterirdischen Labyrinth.

Die Tücher um die Köpfe gebunden, so dass der Atem fast unerträglich warm wurde, schritten sie voran. Die Klamotten klebten ihnen schweißdurchtränkt an den Leibern. Auch wenn ein jeder Schritt schmerzte, war an eine Verschnaufpause nicht zu denken. Trotz der kurzen Nachtruhe wurden die beiden dazu bestimmt, den riskanten Gang ans Tageslicht durchzuführen. Das Wasser in ihrer derzeitigen Unterkunft kam schon seit zwei Tagen nur noch tröpfchenweise aus den Wasserhähnen. Jemand musste nachschauen, woran es liegen könnte. Möglicherweise war die provisorisch verlegte Zufuhr verstopft. Hier unten, tief unter der Erde, waren sie einigermaßen sicher. Die Drohnen der selbsternannten Erleuchteten konnten ihnen nur an der Oberfläche gefährlich werden. Um das Risiko, entdeckt zu werden einzudämmen, begaben sich nie mehr als zwei, maximal drei Personen hinauf ins Freie. Bei einem Standortwechsel splittete sich die Gruppe in mehrere Teile, schlug unterschiedliche Wege ein und marschierte niemals zur selben Zeit los.

Ilay hob seinen Blick weg von den Betonschwellen, auf denen sie nun seit einer knappen Stunde unterwegs waren, hinauf zur nächsten ehemaligen U-

Bahn-Haltestelle. Dank seiner Stirnlampe erkannte er frühzeitig ihren Ausstiegspunkt. Feiner Staub wirbelte durch die miefige Luft und mit zusammengekniffenen Augen drehte er sich zu Loren herum, die ihm schweigend mit ein paar Metern Abstand folgte.

Schwer atmend blieb er stehen. Loren kam keuchend näher. Ohne ein Wort deutete er mit ausgestrecktem Zeigefinger hinauf zu ihrem Zwischenziel. Das zierliche Mädchen nickte nur. Sie wusste genau, wo sie sich befanden, wuchs sie doch außerhalb der Städte auf. Der Untergrund war ihr Zuhause. Das diktatorische Leben unter dem Einfluss der neuen Weltordnung und dem Hohen Rat kannte sie zwar nur aus den Erzählungen der Älteren, spürte aber instinktiv, welche Bedrohung das System für ihr aller Wohl darstellte. Mit einer Kopfbewegung gab Ilay ihr zu verstehen, dass sie etwas weiter vorne eine günstige Stelle zum Hochklettern habe. Dort angekommen traten sie auf die verrostete Schiene und hievten sich an der Mauer hoch. Kniend rückte sich Loren ihre löchrige, schwarze Pudelmütze zurecht und musterte die verfallene Haltestelle. Der muskulöse Anführer hatte sich schon aufgerichtet und schlug sich den Schmutz von seiner olivgrünen Militärjacke. Das Mädchen streckte ihm ihre rechte, verschmutzte Hand entgegen. Ilay ergriff sie, fragte sich dabei, wann und ob überhaupt, das Mädchen ihre Fingernägel aufhören würde zu zerkauen, und zog sie hoch auf die Beine. Sie bemerkte seinen kritisierenden Blick. Weil sie aber absolut keine Lust verspürte, erneut einen belehrenden Vortrag über Hygiene und Aussehen über sich ergehen zu lassen, entriss sie sich ruckartig aus seiner Umklammerung. Dies entging ihm nicht und zauberte ihm ein Schmunzeln in sein verhülltes Gesicht, obwohl sie zur Ablenkung auf einen in den Boden gelassenen Schachtdeckel, unweit von ihnen, deutete.

Die Kleine war ihm ans Herz gewachsen. Seitdem ihr leiblicher Vater an der Oberfläche, kurz nach ihrer Geburt, auf der Flucht vor den Drohnen ums Leben gekommen war, kümmerte er sich um das Mädchen. Genau so, als wäre sie sein eigen Fleisch und Blut. Ihre Mutter wiederum war für jede Hilfe dankbar und der männliche Einfluss konnte nur von Nutzen sein in ihrer rauen Welt. Wortlos zeigte Ilay erst mit seinem Daumen auf seinen Brustkorb und dann mit ausgestrecktem Arm auf die Stufen zu ihrer Linken, welche hinauf ans Tageslicht führten. Ihr gab er mit einem weiteren Fingerzeig zu verstehen, sie solle schon mal zum Schacht gehen. Obwohl kaum davon auszugehen war, dass irgendjemand sich soweit außerhalb der nächsten Stadt in der Nähe aufhalten würde, mussten sie allerhöchste Vorsicht walten lassen. Ein leichtsinniger Fehler, ein zu schnelles Vorankommen wollen und die ganze Gruppe lief Gefahr, entdeckt zu werden. Dies war einer der Gründe, warum man ihn beauftragt hatte, sich an die Erdoberfläche zu wagen, um das Wasserproblem zu beheben. Schließlich war er damals, als sie noch dem Regime angehörten, Teil einer Spezialeinheit. Genauso wie Pierre, welcher der verschollene Ehemann ihrer Gruppenführerin gewesen war, damals bevor man sie *zurechtrückte*, wie man die Strafmaßnahmen für unbeugsame und widerspenstige Individuen nannte.

Nahezu lautlos schlich er sich voran. Ein schmaler Lichtstrahl erhellte den Treppengang nur teilweise. Die eingestürzte Decke begrub einen Teil der Stufen unter Schutt und Betonstahl. Vorsichtig erklomm er Stufe um Stufe, bis zu dem notdürftig, freigeschaufelten Tunnel, durch den man nur bäuchlings robbend hindurch kam. Liegend lauschte er. Er konnte nichts Verdächtiges wahrnehmen, nicht einmal ein Windhauch schien sich hierher verirrt zu haben. Kurz erhob er sich, um seinen Rucksack abzustreifen und kroch kurz danach hinaus. Der Durchgang war gerade mal so breit, dass der kräftig gebaute Mann nicht Gefahr lief, stecken zu bleiben. Zögerlich lugte er hinaus. Die grelle Sonne blendete ihn, obwohl sie noch lange nicht ihre komplette Strahlkraft erreicht hatte. Er schaute in beide Richtungen und musterte geduldig jeden Punkt der verdorrten und ausgetrockneten Einöde. Als er sicher sein konnte, nicht entdeckt zu werden, riss er sich das Halstuch vom Gesicht und sog die frische Luft gierig ein. Zum ersten Mal seit ihrem Aufbruch heute Morgen, gönnte er sich eine Verschnaufpause und streckte liegend beide Arme weit von sich. Doch schon nach einigen Atemzügen wurde er aus seinen Gedanken gerissen. Loren war in der

Zwischenzeit hinterher gerobbt und zog ihren Ziehvater heftig an seinem linken Stiefel, um ihn auf sich aufmerksam zu machen. Sofort durchfuhr ihn ein ungutes Gefühl. Das Mädchen hatte er trotz ihrer draufgängerischen Art zur Geduld erzogen, vor allem, wenn sie ihn auf verschiedenen Missionen begleiten durfte. Dies war ein untrügliches Zeichen dafür, dass etwas Seltsames vor sich gehen musste. Er zog sich das Halstuch erneut über die Nase und legte den Rückwärtsgang ein. Als die beiden voreinander knieten, sah er in Lorens weit aufgerissene Augen. Augenblicklich hob er fragend seine Hände. Das Mädchen riss sich ihr Tuch vom Gesicht, wischte mit dem Handrücken die Schweißperlen von der Stirn und gab lauthals zu verstehen: » Jemand war hier! «

Der Schrecken stand nun auch Ilay ins Gesicht geschrieben. Erneut zog er sein Halstuch von Nase und Mund und hakte nach: »Bist du dir sicher?«

»Natürlich bin ich das. Komm mit und schau selbst. Ich habe den Schachtdeckel angehoben, um meinen Rucksack mit den Lageplänen zu verstauen und ... Du wirst es nicht für möglich halten ... Irgendwer hat dort selbst schon etwas untergebracht.«

*

Die schwarz-gelb uniformierten Wächter beäugten konzentriert die hineinströmenden Massen. Wie zu erwarten war, begab sich jede Frau und jeder Mann, die zwecks des besonderen Anlasses dienstfrei bekommen hatten, in die städtische Arena. Nachdem sie die Schleusen passiert hatten, in denen ein Ganzkörperscan durchgeführt wurde, bestaunten sie das Fahnenmeer, die bunte Lasershow und die mehrere Meter breite Bühne, auf der nach einigen Vorrednern und der Musikkapelle im Laufe des Tages die Zeremonie würde stattfinden. Es wurde viel gemunkelt und getuschelt. Bisher drangen keine Namen an die Öffentlichkeit, doch alle Anwesenden waren sich sicher, dass die Erleuchteten einen würdigen Nachfolger für den inzwischen greisen und im Rollstuhl sitzenden Regenten, auserwählt hatten. Über mehrere Stunden stieg die Anspannung und nach dem letzten Song, der gespielt wurde, ertönte ein lauter Gong, das allgemeine Zeichen dafür, dass auf sämtlichen überdimensionierten Monitoren, in allen Städten des Planeten, zeitgleich eine brandaktuelle Nachricht ausgestrahlt werden würde. Frida und Fahid betraten die Bühne, die populärsten Showmaster und Newssprecher des ganzen Erdballes. Seit der großen Katastrophe, des letzten Krieges der Menschheit, der den Planeten für lange Zeit nahezu unbewohnbar machte, und nach Einführung der neuen Weltordnung, waren keine Übersetzer mehr nötig. Über Generationen hinweg entwickelte sich eine englische Einheitssprache, die sich nur durch regionale Dialekte unterschied.

Fahid, der auch für seinen extravaganten Kleidungsstil bekannt war, trat in einem rotkarierten Anzug, gelben Lackschuhen und gelber Krawatte ans Mikrophon. Frida begleitete ihn in einem eleganten schwarzen Abendkleid. Armreifen und Halsketten vervollständigten ihr luxuriöses Aussehen. Das Publikum in seiner Einheitskleidung, das sich nur nach Gruppenzugehörigkeit in der Farbe der Overalls unterschied, schien wie hypnotisiert.

»Sehr geehrte Anwesenden, liebe Freunde und Mitbewohner ...«, ergriff Fahid theatralisch das Wort, »... wir alle können hocherfreut sein, diesem seltenen Ereignis beiwohnen zu dürfen. Seitdem wir uns nun schon seit einigen Generationen an der neuen Weltordnung und der O´Sullivan-Dynastie erfreuen, wissen wir alle es überaus zu schätzen, dass es uns erlaubt ist, in dauerhaftem Frieden, Brüderlichkeit und Gleichheit zu leben. Die Welt, wie sie sich uns heute darstellt, ist ein paradiesischer Ort, und keine uns bekannte Dimension bietet auch nur annähernd solch vorzügliche Bedingungen für ein verständnisvolles und wohlwollendes Miteinander. Unseren Erleuchteten gebührt der größte Dank. Die Augen sämtlicher Bewohner, aller Distrikte, sind heute, hier und jetzt, auf uns gerichtet. Voller Stolz aber ohne Überheblichkeit, bedanken wir uns beim Hohen Rat, dass uns die

Ehre zuteil wurde, den Austragungsort für die heutige Zeremonie, stellen zu dürfen.«

Frida animierte das Publikum zum Applaudieren. Auf den Videowänden wurden freudig tobende Massen der anderen Städte eingeblendet.

Nun griff die Moderatorin nach dem zweiten Mikrophon.

»Vielen Dank, Fahid, für deine einleitenden und warmen Worte. Ich schließe mich deinen Äußerungen nur allzu gern an und möchte allen Zuhörern und Zuschauern noch mal ins Gedächtnis rufen, welche tollen Errungenschaften wir seit Einführung des Hohen Rats unser Eigen nennen dürfen ...«, sie lächelte in die Runde und die Kamera, zog eine Augenbraue hoch und fuhr fort, »... da wäre die Abschaffung der diversen Irrglauben und der religiösen Fanatismen, welche zu so viel Leid, Tod und Zerstörung führten. Dank unserer hervorragenden Wissenschaftler ist es uns gelungen, vieles von dem Irrsinn zu widerlegen und neue Erkenntnisse zu erlangen. Wie inzwischen schon unsere Jüngsten gelehrt bekommen, steht eines ohne Zweifel fest: Der Tod existiert nicht. Wir alle sind geistige Wesen und nach dem Absterben des biologischen Körpers reinkarnieren wir erneut. Die am weitesten Entwickelten und somit, ich möchte schon sagen, anbetungswürdigen Seelen, sind unsere Erleuchteten, unsere Mitglieder des Hohen Rats und über allen stehen die O´Sullivans. Einen kräftigen Applaus für unsere Anführer bitte!«

Niemanden hielt es mehr auf den Sitzen. Tosender Beifall wurde Minuten lang gespendet.

Während die Menge wieder Platz genommen hatte, wurden auf dem Hauptmonitor sämtliche Oberhäupter der O´Sullivan-Dynastie chronologisch aufgeführt und einem Jeden explizit für seine Verdienste gedankt , wechselte man in einer abhörsicheren Lounge hinter der Bühne, noch einige wichtige Sätze.

*

Shane rieb sich die linke Schläfe. Es wäre zwar möglich gewesen das dritte Brandzeichen unter Betäubung verabreicht zu bekommen, doch die Tradition wollte es so. Der Aufstieg in den Hohen Rat sollte mit einem körperlichen Schmerz verbunden sein. Man sollte sich zeitlebens an die Zeremonie erinnern. In ein paar Tagen würde sich zu dem Pochen und Brennen auch noch ein Juckreiz dazugesellen, dies kannte er noch von seiner Reifeprüfung vor knapp zehn Jahren. Damals, als er aus einer Paralleldimension zurückkkam. Wie Stolz waren doch sein Vater, der ihn auf seiner Mission begleitet hatte und sein Großvater, der aktuell noch amtierende Regent und älteste, noch lebende O´Sullivan. Trotz seines damaligen jugendlichen Alters von nur vierzehn Jahren erfüllte er alle vorgegebenen Aufgaben musterhaft und lernte zudem noch von seinem Vater einige, für das Überleben der O´Sullivan - Dynastie, überaus wichtige Feinheiten. Es gelang ihnen, ernstzunehmende Rivalen unauffällig zu beseitigen, bevor diese überhaupt Anspruch auf die Mitgliedschaft im Hohen Rat beanspruchen konnten. Da dies alles fernab ihrer heimischen Realität geschah, konnte man dieser primitiven und manipulierten Masse da draußen einige Märchen auftischen, so wie man es schon seit den ersten Tagen in diesem damals neuen politischen System tat. Doch den wertvollsten Beitrag, den man zu leisten im Stande gewesen war, betraf das Auffinden des Nestes der Schöpfer. Es war eines, das man dem gemeinen Volk über die Entstehung der Menschheit beibrachte und etwas völlig anderes, was man tatsächlich wusste. Dass man auch noch die Eltern des damals noch ungeborenen Kindes ausfindig machen konnte und seitdem jeden Schritt und Tritt dieser Kleinfamilie verfolgte, übertraf die kühnsten Hoffnungen des alten O´Sullivan. Das Wunderkind hatte man hier in dieser Dimension ins Reich der Legenden verfrachtet, den Glauben an außerirdische Schöpfer der Menschheit, ins Reich der Mythen. Es galt jetzt den letzten Kampf zu gewinnen, sich dieser Gefahrenherde ein für alle Mal zu entledigen und die O´Sullivan - Dynastie auch in anderen Parallelwelten zu installieren. Die neue

Weltordnung war der einzig richtige Weg, das perfekte System, um der Familie die für immer währende Vorherrschaft zu sichern.

»Du solltest etwas trinken, Shane«, gab ihm der Großvater zu verstehen.

»Ich habe keinen Durst«, widersprach der Enkel.

»Du hast so einen ausgetrockneten Mund, dass man dich beim Sprechen schmatzen hört. Das macht keinen guten Eindruck da draußen. Die ganze Welt wird dir zuhören. Also, tu mir den Gefallen.«

Shanes Vater gab einem seiner jüngeren Vettern ein eindeutiges Zeichen. Dieser erhob sich von dem Glastisch, wanderte zum Buffet und griff nach einer durchsichtigen Wasserflasche. Selbige reichte er wortlos, nachdem er den Drehverschluss gelockert hatte, an Shane weiter. Er gab seinen Protest auf und folgte den letzten Anweisungen seines Großvaters und Regenten.

»Genieße diesen Tag, mein Sohn. Schon bald wirst du durch das Dim-Feld schreiten. Dann wird es an dir liegen, ob du in die Geschichtsbücher als großer Regent eingehen wirst oder ob man deinen Namen wird tilgen müssen. Doch heute lass dich feiern. Auf diesen Moment hast du hingearbeitet.«, gab ihm sein Vater zu verstehen.

Shane starrte Löcher in die Luft.

»Die Feierlichkeiten sind nur ein lästiges Übel. Niemand kennt mich von denen. Sie haben mich nie zu Gesicht bekommen. Sie rechnen mit dir, Vater. Oder Onkel Quentin. Könnte ich wählen, würde ich mich an die Arbeit machen. Es gibt viel zu tun«

»Auch das gehört zu deiner Arbeit«, erwiderte sein Großvater.

»Eine Volksversammlung in Partylaune sieht mir nicht nach Arbeit aus«.

»Ich wundere mich über deine Aussagen, ehrlich gesagt. Rufe dir in Erinnerung, was alles dazu gehört, um diese Ahnungslosen zu steuern, wie es uns beliebt. Brot und Spiele. Das weißt du doch«, ermahnte ihn der Älteste.

Der Nachfolger kniff die Augenbrauen zusammen und nickte nur. Ja, er wusste, was zu tun war. Er wollte keineswegs rebellieren. Er folgte nur einen Moment lang seinem inneren Impuls. In Gedanken war er schon zurück in dieser Nachbarwelt, die ihn so fasziniert hatte, als er als Jugendlicher dort gewesen war. Der Reiz, die Schöpfer von Angesicht zu Angesicht anzutreffen, erschien ihm übermächtig. Er wusste aber auch, wie langwierig sich das alles gestalten konnte. Schließlich musste er zuerst das Wunderkind in seine Gewalt bekommen. Sie war der Schlüssel zu allem. Das Mädchen aus einer anderen Dimension. Nur durch sie würde es möglich sein, die Schöpfer vom Spielfeld zu verdrängen. Sollte ihm dies misslingen, gäbe es nur eine Variante, um ihr System zu schützen. Man würde die Dim-Felder verschließen müssen. Nicht auszudenken, welche Enttäuschung das in seiner Familie, dem Hohen Rat, auslösen würde. Man wäre dann in einem selbst erschaffenen Gefängnis eingeschlossen, womöglich für alle Zeiten.

Es pochte dreimal an der schweren, doppelflügeligen Eichentür. Noch wenige Minuten und er würde hinaustreten. In einen neuen Lebensabschnitt. Ab dann würde Shane nicht mehr der zu Beschützende sein. Nach erfolgter Zeremonie würde er selbst seinen Teil beitragen müssen, um die Familie, den Hohen Rat, die neue Weltordnung zu beschützen.

*

Ilay und Loren knieten vor dem Schacht. Das Mädchen hatte die Wahrheit gesagt. Da unten lag eine Sporttasche.

»Wir holen sie herauf«, bestimmte Ilay nach einigem Zögern ihren nächsten Schritt.

»Was, wenn ein Peilsender angebracht wurde?«

»Daran hab ich auch schon gedacht, aber das Gemäuer ist zu dick. Ich kann mir nicht vorstellen, dass es geortet werden kann.«

»Und was, wenn doch?«

Ilay ignorierte die Gegenfrage.

Wenige Augenblicke später lag der Inhalt der Tasche ausgebreitet vor ihnen im Staub.

»Seltsam«, meinte er stirnrunzelnd.

»Konservendosen? Nur Nahrungsmittel und Getränkedosen? Da muss doch noch was anderes drin sein, oder was sagst du dazu?«, staunte Loren.

Der Mann nahm sich eine der Dosen und kontrollierte das Haltbarkeitsdatum.

»Die wurden erst vor kurzem hergestellt, schau«.

Er deutete auf das Ablaufdatum.

»Nirgends im Untergrund haben wir so frische Dosen«, stellte er fest, »wem auch immer es gehören mag, derjenige kommt aus der Stadt«.

»Ein Spion?«, dachte Loren laut nach.

»Oder ein Abtrünniger«, entgegnete Ilay.

»Wir müssen die anderen warnen«, drängte das Mädchen.

»Dafür haben wir keine Zeit. Es würde zu lange dauern. Es gibt nur zwei Möglichkeiten. Da uns niemand entgegenkam, kann er nur in entgegengesetzter Richtung im Tunnel sein, oder er hält sich draußen auf«.

»Es könnten auch mehrere sein«.

»Wie auch immer, wir müssen raus zu dem Wasserrohr«.

»Wie kannst du nur so gelassen sein?«, wunderte sich Loren.

»Bin ich nicht. Wir werden so gut wie möglich den Zugang zu unserem Lager absichern, mehr können wir im Moment nicht machen«.

»Sprengfalle?«

»Genau. Wenn wir etwa zweihundert Meter zurücklaufen, haben wir die engste Stelle im Tunnel. Da die Decke und die beiden Seitenwände dort schon zum Großteil eingebrochen sind, können wir unsere drei Handgranaten gut anbringen. Den Stolperdraht bringen wir in Knöchelhöhe an. Dort ist es viel zu dunkel, um entdeckt zu werden.«

»Er oder diejenigen werden doch mit Sicherheit auch ´ne Lichtquelle dabei haben«.

»Wahrscheinlich, aber wie ich schon sagte: Mehr können wir im Moment nicht machen.«

Die Siebzehnjährige nickte sorgenvoll dreinblickend.

Also gingen sie eiligst zurück zur Engstelle. Routiniert erledigten sie die Arbeit, markierten mit Hilfe eines auf die verrostete Schiene gelegten Schottersteins die Gefahrenzone, jeweils einen aus Richtung Lager kommend und einen, fünf Schritte vor dem Zündmechanismus.

»Komm jetzt, wir müssen los, das hier wäre erledigt«; forderte er sie auf.

»Was, wenn wir mit der Falle einen Unschuldigen töten?«

»Das wird nicht geschehen. Ich habe die Handgranaten so angebracht, dass nur der Durchgang versperrt wird. Nun lass uns gehen.«

Auf Höhe des Schachtes angelangt, verstauten sie die Konservendosen wieder in der Sporttasche und warfen sie hinunter in das Loch. Sie verschlossen das Versteck erneut mit dem Deckel, als wäre nichts geschehen, und schlichen hoch zum Ausgang.

Ihre Rucksäcke mit den Lageplänen hatten sie am Durchgang mit der Sprengfalle gelassen. Dazu hatten sie sich ganz spontan entschieden, da der dafür vorgesehene Schacht ja nun schon besetzt war. Nur den Werkzeuggürtel hatte sich Ilay entnommen und um die Hüften gespannt. Dieser behinderte ihn nun etwas beim Hinauskriechen, letztendlich aber schaffte er es bis ans Tageslicht. Einige Augenblicke später kam auch Loren zum Vorschein.

»Luft ...,« sprach sie mehr zu sich selbst, »endlich wieder frische Luft.«

»Ja, die Natur erholt sich immer mehr. Wer weiß, irgendwann wird es vielleicht auch hier wieder ganze Wälder geben.«

»Kannst du jemanden entdecken?«, fragte sie ihren Ziehvater, während sie über das verdorrte Land blickte.

»Nein, aber wir werden vorsichtig sein und die Augen offen halten. Siehst du die überwucherten Mauerreste da unten?«, er deutete mit ausgestrecktem Arm in Richtung Norden.

»Du meinst den ehemaligen Friedhof, ja?«

»Genau, da müssen wir hindurch und uns dann nach Westen orientieren.«

»Ich dachte, wenn wir gleich nach links gehen und durch die Ruinen der Altstadt laufen, wären wir schneller am Ziel?«, wunderte sich Loren.

»Hatte ich ursprünglich auch vor, aber dort ist es zu unübersichtlich. Die Gefahr, dass wir dort auf jemanden stoßen, ist mir , nachdem wir die Sporttasche entdeckt haben, zu groß. Also umrunden wir das Terrain und brauchen eben etwas länger.«

Die Sonne brannte hinab auf ihre verschwitzten Körper und Loren ärgerte sich darüber, dass sie auch die Wanderflasche mit dem Trinkwasser im Rucksack gelassen hatte. Sie hatte die Hitze hier draußen doch etwas unterschätzt.

»Schon verrückt dieser Anblick. Rechts von uns die reinste Wüstenlandschaft. Nur aufgerissener, vertrockneter Boden und steinige Felsen. Vor uns und links von uns dichtes Gestrüpp, das auch die letzten Mauerreste bald verschlungen haben wird. Als hätte man eine gerade Grenze gezogen.«

»Das ist mehr oder weniger auch der Fall. Die Städte, eingeschlossen unter riesigen gläsern aussehenden Kuppeln, entziehen in einem großen Radius das ganze Regenwasser und sammeln es in unterirdischen Becken.«

»Wann darf ich mal eine Stadt von Nahem sehen? Ich kann mir diese Kuppeln nur schwer vorstellen. Meine Neugierde kann ich bald nicht mehr unterdrücken. Sollen wir uns nicht mal näher heranwagen, bitte?«, nörgelte Loren.

»Das hab ich dir doch schon oft genug erklärt. Es ist viel zu gefährlich. Auch hier draußen müssen wir vor den Drohnen auf der Hut sein. Dort aber wimmelt es nur so von ihnen. Dazu noch die Glider der Wächter, mit denen sie den Luftraum und das Umland überwachen, die Fluggeräte der Erleuchteten, mit denen sie von einer Stadt zur nächsten fliegen …« blockte er ihren Wunsch ab.

Enttäuscht zeterte Loren weiter.

»Wäre der ehemalige Eingang zum Lager nicht verschüttet, müssten wir nun nicht eine halbe Ewigkeit durch diese Höllenhitze waten.«

»Dann wäre unser Lager aber auch nicht so sicher,« konterte Ilay.

»Wer hat eigentlich diese Rohre für unsere Wasserzufuhr verlegt?«

»Maggie hatte das schon vor Jahren organisiert. Sie ließ das Land oberhalb der U-Bahn-Trasse vermessen und dabei entdeckte man das Wasserbecken. Dort in der Nähe ragten zwei Rohre aus der Erde und man konnte feststellen, dass sie zu den ehemaligen Wasserleitungen gehörte. Es war eher ein glücklicher Zufall, dass alles noch intakt war und man nach dem verbinden der Rohre mit dem Becken feststellen durfte, das auch unser Lager daran angeschlossen war.«

»Ja, da haben wir echt Glück gehabt. Ich erinnere mich noch an die Strapazen, als wir früher von einer Unterkunft, von einem Versteck zum Anderen marschierten. Immer auf der Suche nach Schutz und Wasserreserven.«

Eine Zeitlang schritten sie schweigend voran, immer auf der Hut vor den Drohnen oder dem Besitzer der Tasche. Sie durchquerten den Friedhof und Loren wunderte sich über die eingemeißelten Geburts- und Sterbedaten auf den Grabsteinen. Die hier beerdigten lebten alle vor der großen Katastrophe und doch waren die etwa zweihundert Jahre alten Inschriften teilweise noch recht gut zu entziffern. Aber keiner der Nachnamen war ihr geläufig. Nach einer knappen Stunde blieb Ilay stehen, und lehnte sich an ein Bootswrack, das aus dem ausgetrockneten Flussbett ragte. Loren setzte sich vor ihn auf einen Baumstumpf.

»Gleich haben wir es geschafft«, erklärte er dem Mädchen.

»Na hoffentlich. Wären wir durch die Ruinen gelaufen, wären wir längst wieder auf dem Rückweg.«

Ilay ignorierte die Nörgelei.

»Ich befürchte nur, dass wir bald in ein anderes Versteck ziehen müssen, sollten wir ein leeres Becken vorfinden oder falls wir das Problem nicht beseitigen können.«

»Wie lange wären wir denn dann unterwegs?«

»Kommt drauf an. Sollten wir eines aufsuchen, welches näher an der Stadt liegt, könnten wir zwar mit volleren Lagern rechnen, aber es wäre auch um einiges riskanter, sich dort aufzuhalten. In entgegengesetzter Richtung haben wir in mindestens sechs oder sieben Lagern sämtliche Vorräte aufgebraucht.

Schwer zu sagen, aber drei Tage würden wir bestimmt unterwegs sein, schätze ich.«

»Woher wisst ihr denn überhaupt, wo sich welche Lager befinden?«

»Als wir noch in der Stadt lebten und unsere Flucht planten, konnten wir einiges an alten Karten ausfindig machen. Wir ließen den Computer berechnen, welche Stellen höchstwahrscheinlich die große Katastrophe überstanden hatten, und suchten sie auf. Bei manchen hatten wir Glück und an anderen Stellen war kein Zugang möglich oder es war nichts Brauchbares zu finden.«

Loren überlegte. Natürlich wusste sie einiges über die Menschen unter denen sie aufwuchs, aber viele Fragen stellten sich ihr als Kind nicht und einiges erfuhr sie häppchenweise, indem sie sich erkundigte.

»Stimmt es eigentlich, dass Maggie noch eine der alten Sprachen spricht?«

»Mehrere«, entgegnete Ilay.

»Aber wie kommt das denn? Ich dachte, es gäbe seit einigen Generationen nur noch unsere Sprache. Die Erleuchteten haben es doch schon vor langer Zeit unter Strafe gesetzt, wenn man sich in einer anderen Sprache unterhält, oder etwa nicht?«

»Das ist schon richtig. Aber schon im Kindesalter, wie du weißt, wird festgelegt, wer welchem Berufszweig zugeordnet wird. Anhand der Eltern wird ein Persönlichkeitsprofil der Kinder angelegt und

Maggie wurde zur Lehrerin in Religion und Sozialkunde ausgebildet. Da durfte sie viele der alten Schriften studieren, kurz zusammengefasst.«

»Hmm …,« gab Loren grübelnd von sich.

»Ist dir etwas unklar?«, fragte sie Ilay.

»Wie kann man Religion unterrichten, wenn die Gottesexistenz widerlegt wurde?«

Ilay lachte.

»Wo hast du das denn aufgeschnappt?«

»Na hier und da. Mir wurde erzählt, die Erleuchteten wären die höchste Form der Existenz und alles andere wäre ein Irrglauben gewesen. Scheinbar glaubten manche Menschen sogar, der Mensch wäre von einer außerirdischen Spezies erschaffen worden.«

»Wenn man die Jahrhunderte und Jahrtausende alten Heiligen Schriften studiert und diese mit den wissenschaftlichen Erkenntnissen der Vorkriegszeit kombiniert, kann man zu diesem Schluss gelangen. Daraus entstand vor der großen Katastrophe eine Sekte, die belächelnd »Die Gläubigen des Schöpfermythos« genannt wurde.«

»Die Heiligen Schriften stehen doch auf dem Index«, widersprach Loren.

»Das stimmt. Außer für bestimmte Personengruppen. Maggie durfte sie als Lehrerin zum Beispiel studieren, da der Hohe Rat aber eine eigene Version ausgeklügelt hatte und nur diese, jedem von klein auf beigebracht wird, hat man bis heute die breite Masse gut im Griff. Sollte man skeptisch werden, wird man *zurechtgerückt.* Maggie spricht nicht gerne über diese psychologische Folter.«

Das Mädchen kaute auf einem Zweig herum, den sie von dem Gestrüpp neben sich abgerissen hatte.

»Wie bitte soll denn der Mensch von Außerirdischen erschaffen worden sein? Die bewohnten Planeten sind doch viel zu weit entfernt. Die können unmöglich hierhergekommen sein«, meinte sie etwas naiv.

»Möglich ist es trotzdem. Wir wissen ja von den Dim-Feldern, die verschiedene Dimensionen miteinander verbinden. Eine Spezies, die uns in der Zeit voraus ist, hat möglicherweise entdeckt, wie man große Entfernungen überbrücken kann. Wenn wir schon wissen, dass es diese Felder gibt und wir sie auch durchschreiten können, dann wissen die es doch erst recht. Vorausgesetzt, diese Wesen existieren tatsächlich.«

»Aber wir können doch nur in eine Parallelwelt gelangen, die zwar in einer anderen Dimension und auf einer anderen Zeitlinie ist, aber dennoch unser Planet ist. Oder bin ich da falsch informiert?«, fragte sie skeptisch.

Ilay hob die Hände, so als hätte auch er nicht auf alles eine Antwort.

»Lass uns später weiter philosophieren, hinter dem Hügel da vorne befindet sich das Wasserbecken.

Schauen wir mal, was dort Sache ist«, drängte er zum Weitergehen.

Nachdem sie den letzten Abschnitt hinter sich gebracht hatten und sich oberhalb des Wasserbeckens an einer Felswand entlang schlichen, blieb Ilay abrupt stehen. Etwas musste seine Aufmerksamkeit erregt haben. Flugs griff er nach Lorens Arm und zog sie zu sich hinunter in die Hocke. Er legte seinen Zeigefinger an die Lippen. Loren verstand sofort und gab keinen Mucks von sich. Sie suchte emsig das Gebiet um das Becken herum ab. Und tatsächlich, nach wenigen Augenblicken, sichtete sie unweit vor ihnen, direkt unterhalb eines Felsvorsprungs einen Mann. Hektisch scharrte dieser an verschiedenen Stellen, mit einer Handschaufel bewaffnet, die Erde zur Seite. Immer wieder drehte er ruckartig seinen Kopf und ragte diesen in die Höhe. Ganz so als hätte er Angst davor, entdeckt zu werden. Schon nach kurzer Zeit des Beobachtens fiel auf, dass er zumeist den Himmel absuchte. Er schien sich vor allem, vor den Drohnen zu fürchten.

»Du bewegst dich nicht von der Stelle«, flüsterte Ilay dem Mädchen zu.

»Was hast du vor?«

»Ich muss hinunter und ihn überwältigen.«

»Bist du verrückt geworden? Du bist unbewaffnet«, entgegnete sie ihm protestierend.

»Mach dir keine Sorgen, ich werde schon kein Risiko eingehen. Ich warte den passenden Moment ab und dann schnapp´ ich ihn mir«, versuchte er Loren zu beruhigen.

Sie kannte ihn nur zu gut und wusste, dass jeglicher Einspruch nichts nutzen würde. Wohl oder übel musste sie darauf vertrauen, dass er seine Kampfkünste noch gut genug beherrschte und durch die Jahre im Untergrund nicht allzu sehr eingerostet war. Im Lager selbst konnte ihm niemand, der körperlichen Fitness bezogen, das Wasser reichen. Aber sie waren nicht im Lager und der Typ da unten schien zwar überaus nervös, aber in relativ guter Verfassung zu sein. Es war wohl kaum anzunehmen, dass er einer anderen Gruppierung aus dem Untergrund angehörte.

Während sie wie gebannt den Fremden beobachtete, schlich sich Ilay immer näher heran. Er wählte einen geschlängelten Fußpfad, der von da unten aus kaum zu erkennen sein konnte. An einer eingefallenen Mauer sank er das letzte Mal in die Knie und sie konnte von hier oben aus gut erkennen, wie Ilay immer wieder um die Ecke lugte und einen passenden Moment abwartete. Unbewusst biss sich Loren vor Anspannung auf die Lippen. Die Zeit schien still zu stehen. Doch wie aus dem nichts sah sie den Staub aufwirbeln, der von Ilays Sprint ausgelöst wurde, als er die wenigen Meter in Richtung des Fremden hinabstürmte. Dieser war ihm mit dem Rücken zugewandt und durch seine Grabungstätigkeit hörte er erst in den letzten Sekunden das auf ihn zukommende

Getrampel. Erschrocken zuckte er zusammen und drehte sich in Windeseile herum. Doch da war es schon zu spät. Ein heftiger Aufprall riss ihn zu Boden. Ilay holte zu einem Kinnschlag aus. Doch abrupt hielt er inne. Die geballte Faust in die Höhe gereckt saß er auf dem Brustkorb des Mannes.

»Was ist?«, entglitt es Loren.

Doch die Männer waren zu weit entfernt, um sie hören zu können.

Verdutzt sprang Loren aus ihrem Versteck. Warum verblieben die beiden regungslos in ein und derselben Position? Ihr Ziehvater schien unschlüssig, so weit sie das von hier aus beurteilen konnte. Aber auch der Unterlegene machte nicht den Anschein, als würde er sich wehren wollen.

Sie sprintete, so schnell es ihr möglich war, auf direktem Weg den Hang hinunter. Heftig atmend kam sie bei den beiden an.

»Was ist los Ilay?«, schrie sie.

Die Männer beäugten sich wortlos.

»Ilay, hörst du mich? Wer ist dieser Kerl?«, schrie sie schon fast panisch.

»Das ist Calvin«, reagierte dieser endlich.

»Und wer zum Henker ist Calvin?«

»Ich bin Ilays jüngerer Bruder«, antwortete jener mit weit aufgerissenen Augen. Ganz so, als könne er selbst nicht glauben, was er zu sehen bekam.

Loren stockte der Atem. Den Mund geöffnet, als wolle sie etwas erwidern, schwieg sie letztendlich doch und versuchte, das Gehörte einzuordnen. Doch erneut blieb ihr keine Zeit, um in Ruhe die Dinge einigermaßen einordnen zu können. Ein lauter werdendes Surren drang an die Beteiligten heran.

»Drohnen«, schrien Ilay und Calvin zeitgleich.

»Verdammt!«, fluchte das Mädchen.

Ilay sprang auf und sein Bruder tat es ihm gleich.

»Du bist gechippt«, brachte Ilay sein Missfallen lautstark zum Ausdruck.

Ohne seinem Bruder etwas entgegnen zu wollen, hielt er ihm die Innenseiten seiner Arme entgegen. Die blutigen Rinnsale waren deutlich zu erkennen, auch wenn sie schon am Verkrusten waren. Noch immer sah man die Wunden, die er sich allem Anschein nach selbst zugefügt hatte.

»Du hast sie entfernt?«, wollte er wissen, während sie eilenden Schrittes in Richtung Felswand spurteten.

»Mir blieb nichts anderes übrig. Aber es brennt höllisch. Ich habe kein Verbandsmaterial, geschweige denn Desinfektionsmittel.«

»Da drüben«, dirigierte sie Loren zur Höhle, dessen schmaler Eingang einem Ortsunkundigen leicht entgehen konnte. Das Surren der Drohnen war überdeutlich zu vernehmen, doch schon seit einigen Augenblicken schien es konstant zu bleiben. Allem Anschein nach kamen sie nicht näher.

»Hier hinein«, drängte das Mädchen die beiden Männer.

Als sie sich in die dunkle Grotte hineingezwängt hatten, stolperten sie noch ein paar Schritte weiter tiefer hinab in ihren provisorischen Unterschlupf.

Schweigend saßen sie sich gegenüber, die Körper an das kalte Gestein gelehnt. Trotz der Dunkelheit konnten sie sich noch gut genug erkennen. Ilay musste Loren erst gar keine Frage stellen. Ihre Gesichtszüge verrieten auch so deutlich genug, dass sie überaus skeptisch war. Sie kannte Calvin schließlich nicht. Er war ein Städter und da spielte es erst mal keine große Rolle, wer mit wem verwandt war. Sie misstraute dem Fremden. Aber auch ihr Ziehvater war sich unschlüssig darüber, wie er das plötzliche Auftauchen seines Bruders zu deuten hatte.

»Danke«, unterbrach Calvin die Stille.

»Wofür?«, fragte Ilay etwas verwundert.

»Zum einen, dass du mich nicht geschlagen hast und zum anderen, dass ihr mich erst mal mit in die Höhle genommen habt. Obwohl ich die Chips in etwa zwei Kilometer Entfernung aus meinem Fleisch gepult habe, werden die Drohnen den Umkreis abscannen. Und ich glaube kaum, dass ich ohne euch, so auf die Schnelle ein sicheres Versteck gefunden hätte«.

»Da kannst du Gift drauf nehmen«, keifte ihn Loren ungewollt harsch an.

»Du hast uns in Gefahr gebracht«, kritisierte ihn Ilay.

»Woher hätte ich denn wissen sollen, dass ihr hier in der Nähe seid?«, konterte er.

»Was machst du überhaupt hier draußen und wonach hast du denn wie ein Irrer gebuddelt?«, wollte der Ältere wissen.

»Ich konnte kurz vor meiner Flucht noch ein paar alte Pläne ergattern und wollte den Eingang zu einer alten U-Bahn-Haltestelle finden.«

»Hattest du eine Sporttasche bei deiner Flucht dabei«, hakte Ilay nach.

»Ja, woher weißt du das?«, wunderte sich Calvin.

Loren mischte sich ein.

»Dann hast du doch schon eine U-Bahn-Haltestelle gefunden. Warum hast du hier weitergesucht?«

»Weil…« er zögerte einen Augenblick, »weil sich die beiden Stellen in der Nähe eines Dim-Feldes befinden und ich vorhabe, übermorgen durchzugehen.«

Ungläubig starrten ihn zwei Augenpaare an.

»Niemand außer den Erleuchteten weiß, ob die Dim-Felder überhaupt real sind oder ob auch das nur eine Lüge ist, die sie verbreiten. Und falls es doch die Wahrheit sein sollte, dann wissen nur sie, wann und wo sich so ein Feld auftut«, strafte ihn sein Bruder lügen.

»Niemand. Korrekt. Außer ich und diejenigen, die bereits durchgegangen sind.«

»Das ist mir alles etwas zu heikel. Ich halte es nicht gerade für besonders klug zu viel Zeit miteinander zu verbringen«, gab Loren ihre Meinung kund.

»Das verstehe ich. Aber von mir habt ihr nichts zu befürchten. Wie gesagt, in zwei Tagen bin ich hier weg. Für immer«.

»Lassen wir das mal Maggie entscheiden. Wir nehmen dich mit«, bestimmte Ilay.

»Das kann nicht dein Ernst sein. Er lockt uns die Wächter auf den Hals. Gewollt oder ungewollt. Man wird doch nach ihm suchen«.

»Unser Lager werden wir so oder so verlassen müssen. Es ist dir in der Panik vorhin vielleicht nicht aufgefallen. Aber die Rohre, die zum Becken führen, sind verschüttet. Es gab wohl einen Erdrutsch. Und die Verbindungsstücke sind gänzlich unbrauchbar. Sie sind eingedrückt und mit Löchern übersät. Auf die Schnelle können wir hier nichts reparieren. Dazu fehlt uns das Material«.

Loren und Calvin schauten besorgt drein. Eine knifflige Situation für alle.

*

Der alte O´Sullivan raufte sich die spärlichen grauen Haare. Dies hätte ein besonders angenehmer Tag werden sollen. Die Menge jubelte seinem Enkel zu und feierte ihr neues Oberhaupt. Die verwunderten und irritierten Gesichter erhellten sich schon nach ein paar Sätzen, die Shane ihnen überzeugend entgegenschleuderte. Er hatte tatsächlich die Fähigkeit, die Massen mitzureißen. Doch sein Auftritt musste um einiges kürzer ausfallen, wie eigentlich geplant gewesen war. Gerade als er gefallen daran gefunden hatte, sich auf der großen Bühne zu präsentieren, bemerkte er aus dem Augenwinkel, wie sich Frida und Fahid auf einer bestimmen Stelle positionierten. Dies war das unauffällige Zeichen dafür, dass etwas Unvorhergesehenes eingetreten war, etwas, das keinen Aufschub duldete.

»…und somit, meine lieben Freunde, wünsche ich euch noch wunderschöne Feierlichkeiten. Gerne würde ich mich zu euch gesellen, aber die Pflicht ruft. Ich möchte euch allen ein großes Vorbild sein und beginne sofort damit, eine noch schönere Zukunft aufzubauen. Eure Kinder und Enkel sollen mit Begeisterung eines Tages sagen können: Shane O'Sullivan, hat uns dieses und jenes ermöglicht. Dieser Tag soll und wird in die Geschichtsbücher eingehen, das verspreche ich. Hoch lebe die neue Weltordnung und der Hohe Rat!« Er verneigte sich und verließ das Podium.

Kaum hatte er die Lounge betreten, bemerkte er das hektische Treiben. Ein Stimmengewirr durchflutete den vorher so ruhigen Raum. Alles, was Rang und Namen hatte, war anwesend. Vor seinem Auftritt waren nur die O'Sullivans zugegen, jetzt jedoch auch sämtliche Führungspersonen. Hier ging es eindeutig um einen Sicherheitsvorfall. So ein Durcheinander und wildes Geplapper hatte er bis dato auf keinem einzigen Meeting erlebt.

»Ruhe …, Ruhe sage ich«, hörte er seinen Vater schreien.

Am Tischende war der Stuhl unbesetzt. Vor der Zeremonie wäre dies noch der Platz seines Großvaters gewesen, nun aber saß der in seinem Rollstuhl, direkt daneben. Sein Vater schlug mehrfach mit einem Hammer auf den Tisch, wie der Richter bei einem Prozess, um die tobende Meute zum Schweigen aufzufordern.

Wortfetzen von Schuldzuweisungen drangen an Shanes Ohren.

»Setz dich Shane«, hörte er seinen Onkel Quentin sagen.

Nur sehr langsam wurde es ruhiger im Raum, bis nur noch leises Gemurmel zu vernehmen war. Schlussendlich herrschte unheimliche Stille, als er hinter seinem Stuhl stand.

»Warum dieser Aufruhr?«, fragte der neue Regent mit ernster Mine.

Das nun ehemalige Oberhaupt deutete auf den Stuhl und gab Shane damit zu verstehen, er solle Platz nehmen.

»Nun? Ich höre. Welchen Grund hattet ihr, vom Protokoll abzuweichen und mich vorzeitig von der Bühne zu holen?«

Terry Gloster, der glatzköpfige Vorstand des Sicherheitsrates, hob die Hand. Shane schaute ihm tief in die Augen und ertappte sich dabei, wie er sich immer wieder bei diesem Anblick die Frage stellte, wie man nur so eine Augenfarbe haben könne. Unweigerlich musste er immer, wenn er ihm gegenüberstand, an die inzwischen ausgestorbenen Huskies denken. Eine Hunderasse, die er von Filmaufnahmen kannte.

»Bitteschön Terry,« erteilte ihm Shane das Wort.

»Calvin hat die Stadt verlassen«, erklärte dieser knapp.

Shane hob fragend die Hände.

»Ja, und?«

»Er hatte dafür keine Genehmigung und wir müssen davon ausgehen, dass er geflohen ist.«

Shane schüttelte den Kopf.

»Ihr macht so einen Aufstand wegen einem entflohenen Butler?«

»Nun, die Sache ist doch etwas komplizierter«, gab sein Großvater zu verstehen und fuhr sich dabei besorgt mit der Handfläche über sein Gesicht.

»Na dann erklärt es mir. Seit wann löst ein Flüchtiger so eine Panik unter uns aus? Der Untergrund war noch nie eine ernstzunehmende Bedrohung. Wäre er das, dann hätten wir die Lager durchsucht und sie ausnahmslos ausgelöscht. Schließlich waren unsere Vorfahren diejenigen, die die Lager mit Reserven aufgefüllt haben, nach der großen Katastrophe,« er machte eine kurze Pause und schaute in die Runde, »es ist doch alles kartographiert und mit einem Großeinsatz wäre das Gesindel innerhalb weniger Wochen ausgelöscht. Also noch mal, auch wenn Calvin als Oberbutler meiner Familie in ständigem Kontakt zu uns stand, ist und bleibt er doch ein einfacher Städter ohne besondere Fähigkeiten. Oder wurde er in etwas ausgebildet, wovon ich nichts weiß?«

Shane erboste merklich.

Terry rieb sich nervös die Hände und präzisierte die Besorgnis.

»Wir haben wohl gleich mehrere Probleme. Wir hatten gestern für kurze Zeit einen Systemausfall und Calvin hat sich in eine geheime Datenbank eingehackt.«

»Wie bitte? Wie sollte das denn möglich sein? Der Mann besitzt doch die Kenntnisse dafür gar nicht. Aber was noch wichtiger ist, über was für eine Art von Systemausfall sprechen wir?«, empörte sich Shane.

»Wie du sicherlich weißt, haben sich gestern die Lotteriegewinner mit dem Schnellzug auf den Weg in den Distrikt Alpenland gemacht. Als das System die tägliche Einwohnerzahl überprüfte, wurde ein gravierender Schwund festgestellt. Nach manueller Nachkontrolle der Geburts- und Sterberate zwischen den beiden Systemüberprüfungen, gab es keine Zweifel mehr. Achtunddreißig Personen haben die Stadt verlassen, ohne erfasst und registriert zu werden. Nach eingehenden Überprüfungen stellten wir fest, dass

siebenunddreißig davon die Zugreisenden waren und
eine Identität noch herauszufinden war. Die Sensoren
in der Kuppel haben nichts aufgezeichnet, nichts wei-
tergeleitet. Sie konnten den Schutzschild ohne Ein-
trag in den Hauptrechner durchfahren und durchschreiten.«

Shane grübelte. Erneut setzte ein leises Gemurmel ein.

Manche schauten verschämt auf den Boden und
andere warteten gespannt ab.

»Gab es in den anderen Distrikten einen Systemausfall?«, wollte er wissen.

Terry schüttelte den Kopf.

»Habt ihr etwas präzisere Infos? Wie konnte
sich Calvin ins System einloggen? So einen Vorfall
gab es, meines Wissens nach, noch nie. An welche
Daten ist er herangekommen, dass ihr so übernervös
reagiert?«

Terry deutete auf Wilson Palmer, den führenden
IT-Spezialisten im Team.

»In der kurzen Zeit konnten wir die Ursache für
den Ausfall noch nicht herausfinden. Aber eines können wir mit relativ hoher Sicherheit schon einmal festhalten: Die Spracherkennungssoftware hatte nach
dem Ausfall und dem darauffolgendem Reload, Calvin dazu aufgefordert, sich ein neues Passwort zuzu-
legen. Wir gehen davon aus, dass es auch hier eine
bisher noch nie aufgetretene Fehlfunktion gab. Im

Abgleich der autorisierten Personen müssen sich einige Dateien vermischt haben. Calvin hatte schließlich Zugang zu allen Räumlichkeiten, so wie alle anderen Führungspersonen auch, und unmittelbar nach der Gesichtserkennung erfolgte die Aufforderung für das Anlegen eines neuen Passwortes. Wir glauben, dass es sich letztendlich um einen unglücklichen Zufall gehandelt hat und Calvin einfach nur die Situation ausnutzte,« erklärte Wilson peinlich berührt.

Shane schaute seinen Großvater vorwurfsvoll an. Danach wanderte sein kritisierender Blick zu seinem Onkel und zu seinem Vater. Er drängte schon seit Langem darauf, die Systeme zu überprüfen und auf einen neueren Stand zu bringen. Es missfiel ihm, dass man immer wieder von Flüchtigen hörte, die das Leben im Untergrund wählten. Seine Fingerspitzen klopften rhythmisch gegen die Tischplatte.

»Dann stellt sich mir nun die Frage, an welchen Aufzeichnungen er so interessiert war und was er in Erfahrung gebracht hat? Was beunruhigt euch so sehr, dass wir es nicht regeln könnten?«

Terry ergriff das Wort.

»Die Dim-Felder. Er hat sich die Karte ausdrucken lassen, die die Tore zu den Parallelwelten beinhalten. Unter anderem dein Dim-Feld, Shane. Er hat das Datum, den Ort und die Pläne für deine Mission studiert. Er hat einiges an Insiderwissen. Informationen, die nicht einmal in vollem Umfang allen Anwesenden bekannt sind.«

Das war ein Knaller. Diese Information schlug ein wie eine Bombe. Nun verstand Shane, wie fatal dieser Vorfall war.

Er sprang auf und brüllte den Befehl hinaus.

»Übermorgen durchschreite ich das Dim-Feld. Bis dahin befördert ihr mir diesen dreisten, undankbaren Parasiten zurück in die Stadt.«

Er verließ stampfend die Lounge und schmetterte die Tür hinter sich zu.

*

Als das Surren der Drohnen sich entfernte und bald darauf gar nicht mehr zu vernehmen war, machten sich die drei auf zum Unterschlupf. Es dämmerte, als sie nach ihrem Fußmarsch dort angekommen waren. Die Temperaturen waren inzwischen zwar um ein paar Grad gesunken, dennoch klebten ihre Klamotten an den schweißgebadeten Körpern. Sie gönnten sich keine Verschnaufpause, mussten sie doch damit rechnen, dass der Hohe Rat, schon alle Hebel in Bewegung gesetzt hatte, um Calvin ausfindig zu machen. Maggie würde ihnen sicher auch noch die Hölle heiß machen. Sie ließ es bisher unter keinen Umständen zu, einen Fremden mit in das Versteck zu bringen, doch heute waren es besondere Umstände. Das würde ihr Ilay schon noch erklären. Doch wie nicht anders zu erwarten war, schickte sie per Handzeichen ein wahres Überfallkommando los, um Calvin in die Knie zu zwingen und ihm die Hände zu fesseln, sobald sie die Dreiergruppe erblickt hatte.

»Ilay, Loren, was ist in euch gefahren?«, polterte sie drauf los.

»Lass es mich erst mal erklären«, versuchte Ilay, sie zu beschwichtigen.

»Ich habe ihm davon abgeraten«, mischte sich Loren ein.

»Was willst du mir denn da erklären? Ich schicke euch los, damit ihr euch um die Wasserversorgung kümmert und ihr schleppt mir einen Städter an, wie ja unschwer an seiner Bekleidung zu erkennen ist. Um Himmels willen, ihr wisst, was das bedeutet. Wir müssen das Lager schnellstens räumen.«

Während sie die ersten Anweisungen hektisch verteilte, wich ihr Ilay nicht von der Seite und erklärte Maggie so knapp und schnell wie möglich, was sich zugetragen hatte. Diese jedoch würdigte ihm keines Blickes. Bis plötzlich eine Stimme zu ihr durchdrang, die ihr einen eiskalten Schauer über den Rücken laufen ließ. Eine Stimme, die lauthals den Namen ihres Mannes hinausposaunte.

»Was hast du soeben gesagt?«, wandte sie sich erschrocken an Calvin.

»Ich sagte, Pierre lebt!«, schrie er ihr kniend und umzingelt entgegen.

»Woher weißt du ,wer ich bin? Und woher kennst du den Namen meines verschollenen Ehemannes?«

Maggie starrte den Städter mit glänzenden Augen an.

»Das würde ich dir ja gerne erklären, aber ich muss gestehen, dass ich mich reichlich unwohl fühle, wenn ihr mich, wie einen Schwerverbrecher behandelt.«

Ilay versuchte, die Anführerin zu besänftigen, gab zu bedenken, dass sein Bruder sich die implantierten Chips selbst herausgeschnitten hatte und dass man sich seine Wunden mal anschauen sollte.

»Dein Bruder?« Maggie kam aus dem Staunen gar nicht mehr heraus.

»Ja, mein jüngerer Bruder. Du solltest dir wirklich erst einmal in Ruhe anhören, was er zu sagen hat. Danach kannst du immer noch entscheiden, wie es weitergehen soll. Wir werden deine Anweisungen wie immer respektieren, aber erst nachdem du dir angehört hast, was sich in der Stadt zugetragen hat. Wie es meinem Bruder gelang zu fliehen und glaube mir, er hat noch Erstaunlicheres zu berichten. Bevor du abwinkst, möchte ich eines vorwegnehmen: Er behauptet, er hätte Kenntnis darüber, wo und wann sich das nächste Dim-Feld öffnen wird. Den Rest und die Details soll er dir bitte selbst berichten dürfen«, forderte Ilay.

In Maggies Gehirn begann es zu rattern. Ein leichtes Schwindelgefühl überkam sie und kurz hielt sie sich an Ilays Schulter fest.

»Also gut«, meinte sie nun etwas gefasster, »hört mir alle mal gut zu. Ihr kennt eure Einteilungen in Dreier- und Vierergruppen. Wir werden noch heute Abend eine Notfallevakuierung durchführen, packt genügend Lebensmittel in eure Rucksäcke. Füllt eure Wanderflaschen mit dem Wasser auf, das wir noch vorrätig haben. Bringt Sprengfallen am östlichen Tunnel an. Sagt allen bescheid, die gerade nicht in Hörweite sind. Wir werden in genau einer halben Stunde ein Briefing durchführen. Drüben, vor dem ehemaligen Schuhladen. Und ihr fünf kommt mit. Wir gehen rüber ins Büro.«

Die Aufforderung galt Loren, Ilay, Calvin und seinen beiden Bewachern.

Maggie schaute wehmütig über das unterirdische Arcal. So viel Komfort werden sie bald nicht mehr haben, dessen war sie sich gewiss. In dieser großen U-Bahn-Haltestelle befanden sich vor langer Zeit verschieden Geschäfte und Büros aller Art, sowie Umkleidekabinen für die Beschäftigten, als auch intakte Toiletten. Die letzten Monate ließ es sich hier ganz gut aushalten.

»Schließ´ die Tür hinter dir«, forderte sie das Mädchen auf, nachdem sie den Büroraum betreten hatten.

Aus einem Wandschrank entnahm sie eine Tube mit Desinfektionsmittel und Verbandsmaterial.

Beides drückte sie dem Mädchen in die Hände.

»Kümmere dich um seine Wunden«, sagte sie zu Loren und schaute dann Calvin durchdringend an, »und du erzählst mir nun alles, was du weißt.«

Der Butler nickte und holte tief Luft. Er erzählte ihr von dem überraschenden Systemausfall und von der Zeremonie. Erklärte, er hätte schon seit einer Weile verwundert bemerkt, dass der alte O´Sullivan immer merkwürdiger wurde, seltsame Entscheidungen traf und allem Anschein nach, sein Amt nicht mehr lange würde ausüben können. Teilweise habe er vergessen, den Rechner korrekt zu befehligen. Immer öfter blieben Schubladen und bestimmte Räume unverschlossen, weil der Alte immer unkonzentrierter wurde. Dies blieb den Erleuchteten natürlich nicht lange verborgen und man setzte Shane als Thronerben ein. Maggie wirkte irritiert.

»Wieso denn Shane? Wäre nicht ein Älterer an der Reihe gewesen?«, hakte sie nach.

»Nun, auch ich wunderte mich. Bis zu dem erwähnten Vorfall, der mich dazu autorisierte, die geheimen Akten zu durchforsten.«

Er legte eine verschwörerische Pause ein.

»Nun erzähl weiter oder glaubst du, wir hätten alle Zeit der Welt,« drängte ihn nun sein Bruder.

»Ist ja schon gut. Das wird euch umhauen. Also, Shane wurde eingesetzt, weil er den Akten zufolge, vor seiner Reifeprüfung, vor circa zehn Jahren, seinen Vater in eine Parallelwelt begleitet hatte. Dort entledigte man sich unter anderem Murdoch, falls ihr euch noch an ihn erinnert. Ein Anwärter für den Hohen Rat. Zusätzlich wurden noch zwei kleinere Fische beseitigt. Das allein wäre schon Grund genug für einen Aufschrei aus dem Volk, so sie denn die Wahrheit wüssten. Aber es kommt noch viel dicker. Der Schöpfermythos, den du, Maggic, als ehemalige Religionslehrerin kennen dürftest und die Legende über das Wunderkind, müssen sich dort, in dieser anderen Dimension bestätigt haben. Sowohl die Schöpfer als auch das Kind müssen real sein.«

»Das ist unglaublich!«

Maggie verschlug es für einen Moment die Sprache.

»Sollte das alles der Wahrheit entsprechen. Was ist der Plan? Und was hast du über Pierre erfahren?«

Loren zog den Verband fest und schaute nun neugierig, abwechselnd zu den im Raum Anwesenden.

»Soweit ich das verstanden habe, wissen die Erleuchteten schon seit Anbeginn der neuen Weltordnung bescheid, und planten alles langfristig. Nachdem man hier den ganzen Erdball unter Kontrolle gebracht hat, streben sie nun nach einer dimensionsübergreifenden Herrschaft. Dabei können ihnen nur die sogenannten Schöpfer und das Wunderkind in die Quere kommen. Bisher schien man, über mehrere

Generationen hinweg, eine Patt-Situation gehabt zu haben. Doch das soll sich schon bald ändern und Shane muss darin eine gewichtige Rolle spielen. Warum er aber gleich zum Oberhaupt gewählt wurde, weiß ich nicht.«

Eine angespannte Stille breitete sich aus. Dann fuhr Calvin mit seinen Ausführungen fort.

»Was ich dir zu Pierre sagen kann, ist Folgendes: Pierre blieb nur nach außen hin dem System treu. Als man dich abgeholt hatte, um dich zurechtzurücken, veränderte sich seine ganze Weltsicht. Er wurde zum Abtrünnigen. Seine Rolle als Wächter spielte er perfekt. Man vertraute ihm und die anfängliche Skepsis, weil man dich, seine schwangere Frau, fortschleppte, wich bald der Überzeugung, dass er ein zuverlässiger Untertan sei. Doch Pierre schwor Rache. Es gelang ihm, in eben diese Dimension hinüberzuwechseln, in der Shane sich vor Jahren aufgehalten hatte. Es gab noch weitere Aufzeichnungen, doch es war mir zu riskant, meine Neugierde weiter zu befriedigen. Schließlich musste ich an meine eigene Sicherheit und Flucht denken. Doch Pierre muss sich ihnen kräftig entgegengestellt haben, so viel konnte ich noch herauslesen und es scheint ihm auch weiterhin gut zu gehen. Wobei ich noch erwähnen sollte, dass er der Überzeugung ist, man hätte dich umgebracht.«

Das war harter Tobak. Diese Informationen mussten erst einmal verdaut werden und die Zeit lief ihnen davon. Maggie konnte kaum mehr einen klaren

Gedanken fassen, wenn sie sich nun vorstellte, dass ihr Mann am Leben sein könnte. Vieles kam ihr suspekt vor, damals, als sie die Schriften studierte, doch irgendwann hatte sie die Hoffnung aufgegeben, die Wahrheit herausfinden zu können. Nicht unter dieser diktatorischen Herrschaft. So blieb ihr gar keine Wahl. Nach allem, was sie erleben musste, konnte sie sich nur noch für die Flucht in den Untergrund entscheiden. Nach Verlassen des Raumes und kurz vor ihrem Aufbruch, gab sie Calvin vorerst nur noch eines zu verstehen: »Solltest du gelogen haben, so wirst du dafür teuer bezahlen.«

Er nickte nur verständnisvoll.

»Nichts davon war gelogen.«, beteuerte er abermals.

*

Eine beachtliche Anzahl an Wächtern machte sich bereit. So eine hohe Alarmstufe hatte noch keiner von ihnen erlebt. Der Hangar mit den flachen, dreiecksförmigen Fluggeräten darin, war von einem flackernden und blinkenden Rotlicht ausgefüllt. Eine Digitalanzeige zeigte zwei Großbuchstaben und eine Zahl an: *SC3*. Die Abkürzung stand für Security Code Stufe 3 und war dafür vorgesehen, eine bevorstehende Bedrohung für die neue Weltordnung abzuwenden. Bisher fand diese Einblendung nur im theoretischen Unterricht Anwendung, bei der Ausbildung der Wächter und bei Truppenübungen. Doch dies war keine Übung, es handelte sich um einen Ernstfall, wie eine Lautsprecherstimme, in stetigen Wiederholungen zu verstehen gab. In allen sieben Flugzeughallen, die sich in einer Sperrzone, einige Kilometer außerhalb der Siedlungen, befanden, wurden jeweils drei Jäger Marke »Invisible Triangle III« geparkt.

Das »unsichtbare Dreieck III« wurde unter den Kampfpiloten auch gerne mal Chamäleon genannt, in Anlehnung an die leguanartigen Schuppenkriechtiere, die, die Fähigkeit besitzen, sich an ihr Umfeld farblich so anzupassen, dass sie von Feinden nur schwer zu erkennen sind. In noch ausgereifterer Form traf dieses Merkmal auch auf die »Invisible Triangle III« zu.

In Hangar 7 machten sich drei Kampfpiloten einsatzbereit. Die Helme unter die Arme geklemmt, eilten sie zu den Fluggeräten.

Thomas war der Dienstälteste und Ranghöchste unter ihnen, wie unter anderem an den Streifen und Sternen auf der Uniform, in Schulterhöhe, ersichtlich wurde.

Juanito, der um einiges jünger war und gut und gerne sein Sohn hätte sein können, was das Alter betraf, war in der ganzen Fliegerstaffel als Hitzkopf bekannt. Ihm ging man besser aus dem Weg, wenn er mal wieder schlechtgelaunt war. Pepe hingegen hatte gerade erst seine Ausbildung zum Kampfpiloten abgeschlossen, und seine Nervosität war ihm deutlich anzusehen.

»Hat irgendjemand eine Ahnung, was hier vor sich geht?«, fragte Juanito angesäuert.

Pepe zuckte nur die Schultern und kaute auf seiner Unterlippe herum.

Thomas hingegen erweckte den Eindruck, als hätte er nähere Informationen und würde nun grübeln , was er davon preisgeben sollte.

»Sag schon Thomas, ich sehe dir doch an, dass du mehr weißt, wie wir«, forderte ihn Juanito auf, die Situation etwas zu durchleuchten.

»Der Auftrag wird an alle gleichzeitig erteilt, sobald jeder in seinem Cockpit sitzt«, gab dieser nur knapp von sich.

»Ist ja okay, aber warum ziehst du so ein Gesicht?«, hakte Juanito neckisch nach.

Thomas mochte den Hitzkopf. Nicht jedem gestattete er so eine ungezwungene Unterhaltung, vor allem nicht im Dienst. Aber dieser Bengel erinnerte ihn mit seiner Art an seine jüngeren Tage. Er war ihm gar nicht so unähnlich.

»Ach was soll's. Der alte Gloster hat mich zu sich zitiert und mir eine Standpauke gehalten«, teilte er mit.

Verwundert schauten ihn die beiden Piloten an.

»Du wurdest zusammengestaucht?«, zog Juanito seine Frage übertrieben in die Länge.

»Frag nicht.«

»Oh doch, klar frag ich. Weswegen denn? Mir fällt beim besten Willen kein triftiger Grund ein, weshalb man ausgerechnet dich kritisieren sollte.«

»Ist eine alte Geschichte. Ich dachte, das wäre längst vom Tisch. Gloster meinte, mich nochmals daran erinnern zu müssen, damit mir so etwas nicht noch einmal geschieht.«

Inzwischen standen sie vor der ersten »Invisible Triangle III« und Thomas forderte Pepe, den Jüngsten, auf, einzusteigen. Dieser befolgte den Befehl, konnte seine Enttäuschung darüber, nicht mehr zu erfahren, aber keineswegs verbergen.

Thomas und Juanito eilten weiter durch den Hangar.

»Nun, sag schon. Bleibt auch unter uns, versprochen«, drängte Juanito weiter.

Thomas blieb trotz des Alarms plötzlich stehen und schaute dem jungen Mann tief in die Augen. Er atmete laut aus.

»Ich habe vor Jahren so etwas Ähnliches erlebt. *Security Code Stufe 1*. Die hohen Herren waren der Ansicht, dass ich es damals ganz schön vermasselt hatte und machten mir nach dem Einsatz die Hölle heiß.«

»Nun rück´ schon raus. Was war geschehen?«

»Einer der Wächter, unter anderem auch ein Kampfpilot, namens Pierre, hatte sich ein *Chamäleon* geschnappt und ist damit durch ein Dim-Feld geflogen. Er hat sich aus dem Staub gemacht. Bei der Verfolgung hab ich den Befehl ignoriert, der uns untersagt, in andere Dimensionen zu fliegen, selbst wenn es um eine Verfolgung geht. Wie du weißt, ist dies nur den Erleuchteten gestattet oder je nach Mission und Auftrag, bestimmten Wächtern.«

»Du willst mich verarschen. Du bist durch ein Dim-Feld geflogen?«, Juanito traute seinen Ohren nicht.

»Tja, was soll ich sagen. Auf jeden Fall ähnelt diese Parallelwelt unserer Realität so sehr, dass man meinen könnte, man wäre in die Zeit vor der großen Katastrophe katapultiert worden,« er blickte nachdenklich zu Boden, »ich konnte mich dort nicht allzu lange aufhalten, weil ich wusste, dass sich das Dim-Feld wieder verschließen würde, und nach meiner Rückkehr hat man mir deutlich gemacht, was ich da drüben ausgelöst hatte.«

Juanito starrte ihn an.

»Was hast du denn ausgelöst?«

»In einem Land, das sich Belgien nennt, wurden wir von ihren primitiven Radaranlagen erfasst, und sie schickten zwei ihrer lächerlichen Kampfjets los, um uns abzufangen. Dabei kamen sie nicht mal in unsere Nähe. Die Flugfähigkeit ihrer sogenannten F-16 Jets ist nicht der Rede wert. Diese Kisten besaßen nicht einmal die Fähigkeit, plötzlich die Richtung zu ändern, noch konnten sie dieselbe Höhe und Geschwindigkeit erreichen. Das Ärgerliche an der ganzen Geschichte war nur, dass es einige Augenzeugen gab, die unsere Triangle mitten in der Nacht gesichtet hatten, und einer hatte mich wohl fotografiert. Dass heißt, die Lichter die er von meinem Chamäleon zu sehen bekam. Jahre später hat der Hohe Rat wohl dafür gesorgt, dass man einem unserer eingeschleusten Wächter Glauben schenkte, er hätte sich einen Scherz erlaubt, indem er mit Hilfe von Styropor und aufgehängten Strahlern, eine Fotomontage erstellt habe. Scheinbar konnte man die Menschen dort davon überzeugen, dass es sich nur um einen Streich gehandelt hatte, trotz der Aussagen eines gewissen Generals, namens Wilfried de Brouwer, der die Radarerfassung bestätigt hatte und bis heute behauptet, es hätte sich um unidentifizierte Flugobjekte gehandelt.«

»Wow«, staunte Juanito.

Die Lautsprecherstimme zählte einen Countdown herunter.

»Nun mach schon. Beeilen wir uns.«

Die beiden rannten zu ihren Triangles und empfingen kurz darauf den Befehl, bestimmte Gebiete der Abtrünnigen aufzusuchen und das Umfeld zu überfliegen. Der Bordcomputer zeigte eine männliche Person, die es galt unbeschadet in die Stadt zu bringen. Alle anderen wurden zu Freiwild erklärt. Kein Pardon.

*

Es war stockduster geworden. Maggie hatte ihren Leuten genau vorgeschrieben, welche Gruppe, welchen Weg zur stillgelegten Eisenmine einzuschlagen hatte. Keinesfalls sollten sie die gleiche Strecke nehmen. Dort würde man vorerst sicher sein. Da es kein Reservelager war, hoffte sie, dort erst einmal vor den Drohnen und den Wächtern in Sicherheit zu sein. Von dort aus würde sie sich eine Zeitlang zu den nächstgelegenen Lagern durchschlagen, um sie zu plündern. Mit der Zeit würde schon eine Lösung gefunden werden, wo sie sich für einen längeren Aufenthalt niederlassen könnten.

Sie schaute auf ihre Taschenuhr. Die letzte Vierergruppe war vor fünfzehn Minuten losgezogen, also gab sie den Befehl zum Abmarsch.

In der Dunkelheit konnte man kaum die Hand vor Augen sehen und Loren stolperte schon nach wenigen Metern über einen aus der Erde ragenden Stein.

»Verflucht aber auch…«, maulte sie drauf los.

»Pssst …, sei doch leiser,« ermahnte Maggie sie

»Warum denn? Hörst du etwa das Surren der Drohnen? Ich nicht«, beschwerte sich Loren.

Der große Zeh schmerzte und das sollten die Anderen ruhig wissen.

»Was nörgelst du denn, Loren?«, wollte Ilay wissen.

»Wie bitte? Wegen dem da können wir jetzt halb-
blind durch die Wildnis pilgern und ich muss bei jedem Schritt und Tritt aufpassen, dass ich mir nicht
das Genick breche.«

Während ihres Gezeters deutete sie auf Ilays
Bruder, das für die Anderen aber, der tiefschwarzen
Nacht wegen, nicht zu sehen war.

Doch auch so war jedem klar, wen sie mit ihrer
Beschuldigung gemeint hatte.

»Ich habe euch nicht gebeten, mich mitzuschlep-
pen«, entgegnete Calvin.

Maggie schüttelte nur den Kopf wegen des Un-
gehorsams. Das Geplapper schien, kein Ende nehmen zu wollen. Doch Loren hatte Recht, Drohnen
waren nicht zu hören und Bodentruppen wären noch
zu weit weg, sollten sie den Befehl bekommen haben,
loszumarschieren.

»Na, da du schon hier bist, würde ich gerne wissen wollen, warum du die Karte ausgedruckt hast. Wir
im Untergrund haben nur die alten Papierkarten, aber
du hättest doch die Dateien in eine dieser Kugeln ab-
speichern können, die ein Hologramm projizieren,
wenn man sie betätigt. So etwas habt ihr doch in der
Stadt, habe ich gehört, oder nicht?«, wollte das Mädchen wissen.

»Ja, haben wir. Das stimmt. Wollte ich zuerst
auch, aber auch das hätten die Drohnen orten kön-

nen. Also hab ich mit der altertümlichen Variante vorliebgenommen«, erklärte Calvin geduldig aber genervt.

Übermorgen sollte also das Dim-Feld aktiviert werden, ging es Maggie durch den Kopf. In weniger als dreißig Stunden. Bis zur Mine würde es ein Tagesmarsch werden. Irgendwo würden sie eine Pause einlegen müssen. Bis dahin sollte sie einen klaren Gedanken fassen können. Ihr Entschluss war zwar schon längst gefallen, und sie war sich absolut sicher, dass sie Pierre ausfindig machen würde, dort, in dieser anderen Welt. Aber zuerst würde man hier einen Nachfolger bestimmen müssen, der fähig sein würde, die Menschen ihrer Gruppierung zu leiten und ihre Aufgaben zu übernehmen.

Die Stunden vergingen und das sowieso schon schleppende Vorankommen wurde noch langsamer. Zu erschöpft waren sie und da nichts Auffälliges geschehen war, beschloss Maggie, ihre Begleiter über ihren Zwischenstopp zu informieren.

»Bleibt mal kurz stehen«, keuchte sie.

Niemand gab Widerworte, war doch jeder froh darüber, sich eine Verschnaufpause zu gönnen.

»Es ist zwar noch nicht viel zu sehen, aber unweit von hier gibt es eine alte Burgruine. Dort werden wir uns ausruhen. Beißt noch ein paar Schritte die Zähne zusammen, dann könnt ihr euch erholen und frische Kraft tanken.«

»Was heißt nicht weit?«, forderte Loren etwas präzisere Angaben.

»Maggie meint die Schöpferburg. Eine Ruine, so alt, dass es Legenden darüber gibt, eine außerirdische Spezies hätte sie erbaut und bewohnt, noch bevor es den ersten Menschen gab«, erklärte Ilay.

»Ich hielt das immer für ausgesprochenen Blödsinn«, erwiderte sein Bruder, »doch nachdem ich die Aufzeichnungen gelesen habe, halte ich sogar das für möglich.«

Die Ebene, die sie seit einigen Meilen durchschritten, verwandelte sich in einen immer steiler werdenden Pfad durch einen blätterlosen Wald aus riesigen und kahlen, in die Höhe ragenden Bäumen.

Die Beine wurden unerträglich schwer und allen vier pochte das Herz bis zum Anschlag. An eine weitere Unterhaltung war nicht zu denken, brauchte sie doch jeden Atemzug, wollten sie nicht noch auf den letzten Metern schlappmachen. Als alle schon mit den Gedanken in der Burgruine waren und das Gemäuer schemenhaft auf dem Hügel auftauchte, geschah das Befürchtete. Ein Aufschrei Lorens ließ sie alle zusammenzucken, und als man den Grund dafür erkannte, gefror ihnen das Blut in den Adern.

»Was ist das?«, schrie sie panisch.

Zwar waren die sieben Lichter, die eine Dreiecksform bildeten, noch in einiger Entfernung, doch waren sie überaus deutlich zu sehen. Lautlos bewegten sie sich durch den Nachthimmel. Schwebten mal aufwärts, mal abwärts, wechselten teilweise die Farben, grün, rot, gelb und orange. Dann stand es förmlich in der Luft. Loren hatte so etwas vorher noch nie zu Gesicht bekommen. Plötzlich schoss es mit unglaublicher Geschwindigkeit über ihre Köpfe hinweg und war wie von Geisterhand gezeichnet kurz darauf wieder am Ursprungsort, dort drüben, wo Loren es als Erstes gesichtet hatte. Bevor irgendjemand dazu imstande gewesen wäre, dem Mädchen eine Antwort zu liefern, schoss ein Laserstrahl zu Boden, ausgehend von diesem unsichtbaren Objekt, das nur durch die Anordnung der Scheinwerfer als festes Gebilde auszumachen war.

»Verdammte Scheiße«, platzte es aus Ilay heraus.

»In die Ruine. Schnell!«, schrie Maggie.

»Das ist nicht zu fassen. Das ist unglaublich«, stotterte Calvin.

Ohne sich umzudrehen, nahmen die vier die letzte Anhöhe in Angriff. Heftig atmend erreichten sie das Gemäuer, rannten an den riesigen Steinwänden entlang, bis sie endlich einen Durchgang erwischten. Im Innenhof suchte man mit hektischen Bewegungen nach einer Möglichkeit, ins Innere des Hauptgebäudes zu gelangen. Aus den Augenwinkeln heraus bemerkten sie, wie die Baumspitzen, die sich vor der Burgruine befanden, immer heller zu leuchten begannen. Man würde sie in wenigen Augenblicken entdeckt haben.

»Hierher«, schrie Ilay.

Und kurz darauf verschwanden die Flüchtigen in einem in die Tiefe führenden Tunnel.

*

»Wie viele habt ihr erwischt?«, fragte Thomas über das Headset.

»Vier«, antwortete der Heißsporn knapp.

»Juanito ist mir zuvorgekommen«, gab Pepe zu verstehen.

»Laut Scanner, waren bis eben hier unten noch weitere vier«, erklärte Juanito, »aber der Bordcomputer zeigt keine weiteren Bewegungen mehr an. Sind wohl untergetaucht.«

»Okay. Dann leite die Position an die Zentrale weiter. Sollen sich die Bodentruppen drum kümmern«, befahl Thomas.

»Soll ich zu Juanitos Position fliegen und landen? Ich könnte nachschauen, wohin sie verschwunden sind«, schlug Pepe übermotiviert vor, um bei seinen Kameraden ein paar Pluspunkte zu sammeln.

»Kein passender Landeplatz und zu riskant. Wir fliegen das nächste Lager an,« erwiderte Thomas.

*

Mit ihren Stirnlampen bewaffnet, beleuchteten sie die unterirdische Röhre. Loren zitterte.

»Glaubt ihr, wir sind hier in Sicherheit?«, fragte das Mädchen.

»Vorerst. Dennoch müssen wir schnellstens hier weg. Falls wir gesichtet wurden, wird es nicht lange dauern, bis sie jemanden losschicken, um uns zu finden«, antwortete Maggie.

»Kann mir jetzt jemand erklären, was das vorhin war? Das war definitiv keine Drohne. So viel ist sicher«

»Eine Invisible Triangle III, auch Chamäleon genannt«, sagte Calvin.

»Und das bedeutet?«, hakte Loren nach.

»Ein High-Tech-Fluggerät, das eigentlich nur bei Übungen benutzt wird und für Einsätze in anderen Dimensionen gedacht ist«, erläuterte Ilay.

»Wer hat die Teile denn entwickelt?«, fragte das Mädchen immer neugieriger werdend.

»Offiziell *unsere* ach so fähigen Ingenieure und Wissenschaftler.«

Maggie betonte verächtlich das Wort: u*nsere.*

»Und inoffiziell? So wie du das ausgesprochen hast, scheinst du daran zu zweifeln«, bemerkte Loren.

»Als ich noch in der Stadt lebte, kamen mir mit der Zeit natürlich immer mehr Zweifel auf, wie ihr wisst. Da passte so viel nicht zusammen. Ich sah keine besonders auffälligen technischen Entwicklungen.

Selbst die Kuppeln über den Städten, zum Schutz vor den giftigen Strahlen und der verseuchten Luft, entstanden schon vor der großen Katastrophe, um das Überleben einiger Bestimmter zu sichern. Ist es nicht erstaunlich, dass diejenigen, die eine Ausreisegenehmigung bekommen, nach wie vor, auf Gleisen, in den instandgehaltenen Zügen, in einen anderen Distrikt, reisen? Ich könnte noch stundenlang aufzählen. Aber dann will man uns weismachen, wir hätten diese Triangles entworfen. Dass ich nicht lache.«

Loren zog ihre Stirn in Falten.

»Ja aber, wer dann?«, rätselte sie.

»Obwohl man nicht laut darüber sprechen darf, kursieren Gerüchte, man hätte damals, vor der großen Katastrophe, ein abgestürztes UFO in die Hände bekommen. Es wird sogar spekuliert, dass es überlebende Außerirdische gab, was der Öffentlichkeit verschwiegen wurde, und forschte im Geheimen weiter. Irgendwann, so wird von manchen behauptet, war man dazu in der Lage, mit denen zu kommunizieren.«

Loren war fasziniert und vergaß für kurze Zeit ihr Unbehagen. Ob an der Geschichte etwas dran war? Nur zu gern hätte sie mehr darüber erfahren. Doch die anderen drängten darauf, sich aus dem Staub zu machen. Ilay ging voran. Hier unten saß man in einer Sackgasse fest. Also blieb ihnen kein anderer Ausweg und Lorens Ziehvater gab ihnen das Zeichen, dass die Gefahr vorerst vorübergezogen sei. Inzwischen war es hell geworden, aber die unheimliche

Stille trug nicht gerade dazu bei, dass sie sich besser fühlten. Früher, so sagte man Loren, soll es überall auf dem Planeten Vögel gegeben haben. Das Gezwitscher sei weithin hörbar gewesen . Doch der kahle Wald um die Burgruine herum war einfach nur tot. Nur die eigenen Schritte waren zu hören. Das Mädchen fragte sich, ob es in der Zukunft mal wieder so ähnlich sein würde. Ob die Tiere in Scharen zu sehen sein würden, jetzt, da sich der Erdball zu erholen schien.

»Glaubst du, die anderen Gruppen wurden entdeckt?«, wandte sich Ilay an Maggie.

»Wollen wir es mal nicht hoffen. Letztendlich werden wir es erst in der Mine erfahren.«

Zu aufregend waren die letzten Geschehnisse, als dass sich Loren hätte Sorgen machen können. Nun aber schoss ihr nur ein Gedanke durch den Kopf.

»Meine Mum. Was, wenn ihr etwas zugestoßen ist? Ich hätte bei ihr bleiben sollen«, warf sie sich nun selbst vor.

»Mal den Teufel nicht an die Wand, Loren«, versuchte Ilay sie zu beruhigen. »Lass uns erst mal am Treffpunkt ankommen.«

Er strich ihr zärtlich über das Haar.

Letztendlich schafften sie es aber unbeschadet bis ins vorübergehende Camp. Sie fielen sich in die Arme und einige vergossen ein paar Tränen der Erleichterung. Alle hier Anwesenden hatten das Spektakel am Nachthimmel gesehen. Als durchgezählt wurde und die Anführerin schockiert feststellen musste, dass eine Viercrgruppe noch nicht zugegen war, befürchtete sie das Schlimmste. Auf die Nachfrage , ob irgendjemand wüsste, wo sich die Fehlenden aufhalten würden, erntete sie nur Verneinungen und blickte in fassungslose Gesichter. Loren drückte ihren Kopf fest an die Brust ihrer Mutter. Tränen kullerten.

Calvin trat an Maggie heran.

»Dies ist vielleicht nicht der richtige Zeitpunkt, aber wir sollten uns unterhalten«, flüsterte er.

Sie nickte bestätigend und forderte sowohl ihn, als auch seinen Bruder auf, mitzukommen. In einer verstaubten Baracke, die unterhalb eines Felsvorsprungs, die wie ein Geisterhaus wirkte, steckten sie ihre Köpfe zusammen.

»Ihr könnt mich nicht gegen meinen Willen festsetzen. Ich habe euch meine Pläne geschildert. Heute Abend noch möchte ich losziehen, damit ich das Dim-Feld rechtzeitig erreiche.«

Maggie schaute abwägend die beiden Brüder an.

»Ilay. Du wirst das Kommando hier übernehmen. Dir traue ich diese Rolle am ehesten zu«, sagte Maggie ernst. »Ich werde mit deinem Bruder gehen.«

»Ich verstehe. Ich ahnte das schon. Aber seid ihr beiden euch wirklich sicher? Ihr könnt nicht wirklich wissen, was euch dort erwartet, sollte es wirklich gelingen.«

»Ich muss befürchten, dass sie die Suche nach mir nicht aufgeben werden. Für mich bleibt nur diese Option«, gab Calvin zu verstehen.

»Und ich muss Pierre finden. Das verstehst du doch, oder?«, meinte Maggie.

Es bedurfte keiner weiteren Worte. Sie wussten, die Wege würden sich in den nächsten Stunden trennen. Wahrscheinlich für immer. Ilay nahm zum ersten Mal, seit der Wiederbegegnung, seinen jüngeren Bruder in die Arme. Sie hatten sie schon in der Kindheit voneinander getrennt und in verschiedene Ausbildungszentren geschickt. Es war also nichts Ungewohntes, den Bruder nicht an seiner Seite zu haben. Dennoch waren sie aus dem gleichen Fleisch und Blut und der Gedanke daran, dass es kein Wiedersehen geben würde, schmerzte.

»Nun, pack´ die Karte aus und zeige mir, wo und wann genau das Dim-Feld geöffnet werden soll«, forderte Maggie Calvin auf. und wischte mit dem Unterarm die dicke Staubschicht vom Tisch.

*

Shane betrachtete den wasserspeienden Drachen, der senkrecht aus der Mitte des Springbrunnens ragte. Terry Gloster stand mit hinter dem Rücken verschränkten Armen neben ihm.

»Ist das nicht paradox? Zu einem Drachen gehört Feuer und nicht Wasser.«

Gloster legte den Kopf schräg und verzog die Mundwinkel. Was wohl einer Zustimmung gleichkommen sollte.

»Wie dem auch sein mag, das Plätschern bringt mich zur Ruhe, lässt mich meine Gedanken sortieren.«

Terry nickte nur.

»Lass uns setzen. Iss etwas mit mir. Mit vollem Magen lässt es sich besser planen.«

Gloster zog eine Augenbraue hoch. Dem konnte er nicht zustimmen. Wenn Gloster zu viel gegessen hatte, wurde er träge und bevorzugte es, sich danach für ein Stündchen aufs Ohr zu legen.

Shane hatte den Bediensteten aufgetragen, ein Buffet im Freien, vor der Residenz der O´Sullivans, vorzubereiten.

Er wedelte mit seiner Hand den Geruch von frisch zubereitetem Hähnchenbrustfilet in Richtung Nase. Einer der Butler servierte die gewünschten Speisen routiniert. Etwas Gemüse als Beilage, Kartoffeln und ein Klecks Soße, dazu ein Glas lieblichen Rotweins. Der Vorstand des Sicherheitsrates lehnte dankend ab.

Shane nahm einen Bissen, trank einen Schluck und wandte sich dann Terry zu.

»Also, die Bodentruppen haben nur verlassene Lager vorgefunden. Auf der Schöpferburg auch kein Erfolg. Von Calvin keine Spur. Kannst du mir das erklären?«

Terry prustete laut die Luft aus. Shane wartete erst gar keine Antwort ab.

»Vier Abtrünnige, die in Rauch und Asche verwandelt wurden, sind eine sehr schwache Quote. Woran liegt es? Hat man die Technik der Triangles etwa immer noch nicht ganz verstanden?«

»Was soll ich sagen. Fliegen können wir die Dinger ja, wie du selbst weißt, aber es ist schon richtig, das Maximum an Möglichkeiten, die die Triangles hergeben sollten, haben wir mit Sicherheit noch nicht ausgeschöpft«, erwiderte Gloster vorsichtig.

»Es sind nur noch wenige Stunden bis zu meiner Abreise. Sollten wir Calvin bis dahin noch nicht geschnappt haben, dann kümmere dich weiterhin darum, solang ich weg bin. Nach meiner Rückkehr will ich ihn persönlich dran nehmen.«

Terry Gloster nahm einen Schluck Wasser zu sich, nickte mit dem Kopf und schaute dann hinauf in den Himmel, durch die Kuppel hindurch.

»Ich könnte mir gut vorstellen, dass Calvin versuchen wird, durch das Dim-Feld zu gehen. Nun, da er Kenntnis darüber besitzt, wann und wo wir es aktivieren werden. Das wäre unsere Chance, ihn zu schnappen«, stellte Gloster fest.

»Durchaus möglich. Bereite alles vor, mach die Truppen klar. Ich möchte keine bösen Überraschungen mehr erleben. Wir treffen uns dann zum vereinbarten Zeitpunkt in Hangar 1. Ich bespreche jetzt noch ein paar Dinge mit meinem Vater, bevor ich mir noch etwas Ruhe gönnen werde.«

Gloster verabschiedete sich und machte sich an die Arbeit.

*

Es war soweit. Die Nacht hatten sie heil überstanden. Die provisorischen Bettenlager, die sie am Abend zuvor hergestellt hatte, führten zu etlichen Rückenschmerzen. Das würden sie noch verbessern müssen, dachte Ilay. Darum würde er sich in Bälde kümmern, doch zuerst stand die Verabschiedung an. Maggie versammelte alle Liebgewonnenen um sich und hielt eine kleine Rede. Sie achtete penibel darauf, nicht die ganze Wahrheit auszuposaunen. Die Dim-Felder ließ sie unerwähnt. Das Risiko erschien ihr zu hoch, dass sich ihr noch weitere Personen anschließen würden. Wie hätte sie denjenigen klar machen sollen, dass es so sicherer sei. Wer würde ihre Entscheidung akzeptieren? Woher nahm sie sich das Recht heraus, für alle zu entscheiden? Nein, sie

musste es dabei belassen. Sie alle, außer die Einge-
weihten, Loren und Ilay und Calvin, musste sie im
Glauben lassen, sie würde sich zu Fuß aufmachen, in
die Nähe eines weiter weg gelegenen Distrikts, um
nach einer neuen Unterkunft für die Gruppe zu suchen.

»Ich begleite euch«, sagte Loren zu Maggie.

»Auf gar keinen Fall«, widersprach sie dem Mädchen.

»Du kannst mich nicht davon abhalten. Ich
möchte dieses Schauspiel beobachten, ich bleib auch
in sicherer Entfernung.«

»Loren, vergiss es«, knurrte Maggie sie an.

»Ich werde euch begleiten, basta.«

Das Mädchen schritt voran, da half auch kein
Drohen. Maggie hatte die schlechteren Karten.
Schließlich konnte Loren die Anderen informieren,
was tatsächlich vor sich ging, sollte sie es ihr weiterhin
verbieten wollen. Zähneknirschend akzeptierten Calvin und Maggie ihr Anhängsel, jedoch erst, als sie ihr
das Versprechen abnahmen, sie würde auf keine dummen Gedanken kommen und in ihrem jugendlichen
Leichtsinn denken, sie könne sie hinüber begleiten in
diese andere Welt.

Ilay lief noch ein ganzes Weilchen mit, bevor er
ihnen Glück wünschte. Zuerst wollte auch er ver-
ständlicherweise bis zum Schluss dabei sein, doch
Maggie beteuerte abermals, sie würden vorsichtig sein
und er hätte ab jetzt die Verantwortung für die

Gruppe zu tragen. So verabschiedeten sie sich tränenreich, selbst den beiden Männern gelang es nicht, die Gefühle zu unterdrücken.

»Dort unten bei dem Steinkreis ist es«, sagte Calvin, nachdem sie sich vor etwa zwei Stunden von seinem Bruder verabschiedet hatten, und deutete mit ausgestrecktem Arm in die Ferne.

»Wie viel Zeit bleibt uns noch?«, sprach Maggie mehr zu sich selbst und schaute auf ihre Taschenuhr.

Nur noch eine halbe Stunde, stellte sie fest.

»Verdächtig ruhig. Könnt ihr etwas erkennen? Ich sehe keine Truppen, keine Drohnen. Nichts«, staunte Calvin.

»Wie wollt ihr überhaupt unbemerkt dahin kommen? Die werden das Gelände doch sicherlich abriegeln, falls du nicht doch gelogen hast«, meinte Loren.

»Wie bitte? Zweifelst du immer noch an mir?«, wunderte sich Calvin.

Das Mädchen zuckte die Schultern. Calvin schüttelte gekränkt den Kopf.

»Da drüben ist eine unübersichtliche Stelle. Als ich das Hologramm mit der Karte studierte, fiel mir auf, egal wie ich es auch drehte, die Stelle ist nicht mal von Drohnen einsehbar. Dadurch ,dass wir durch den natürlichen Tunnel, der durch den Felsen führt, hindurchlaufen können, er aber sehr schmal ist und von oben durch den Berg geschützt ist, haben wir dort wenig zu befürchten«, erklärte Calvin.

»Wie bitte?«, entfuhr es Loren, »das liegt gut und gerne mindestens fünf Meter oberhalb des Steinkreises. Wie wollt ihr, ohne dabei draufzugehen, da hinunterspringen?«, sorgte sich das Mädchen.

»Wenn es stimmt, was ich auf die Schnelle in Erfahrung bringen konnte, ist das Dim-Feld zwar nur wenige Meter breit, zieht sich aber um einiges mehr in die Höhe. Wir müssen das Risiko eingehen und einfach springen. Auf der anderen Seite, an der Austrittsstelle, wird man den Berichten zufolge abgefedert. So wie ich es verstanden habe, hat man das Gefühl, die Zeit würde sich verlangsamen. Man muss sich also geschickt positionieren können, bis man das Dim-Feld hinter sich gelassen hat.«

Loren wirkte skeptisch. Auch Maggie war es nicht wohl zumute, aber sie würde von ihrem Entschluss nicht mehr abweichen. Jetzt, so kurz vor dem bevorstehenden Ereignis, hatte sie nur noch Pierre im Kopf. Sie erschrak, als ihr auffiel, dass sie sich krampfhaft an bestimmte Details, auf sein Aussehen bezogen, zu erinnern versuchte. So viele Jahre waren vergangen. Plötzlich beschlich sie noch ein weiteres ungutes Gefühl. Woher konnte sie wissen, dass er nicht mit einer anderen Frau zusammen war, dort, in seiner neuen, für ihn inzwischen, heimischen Welt? Schließlich ging er davon aus, man habe sie getötet. Und jeder Schmerz würde mit der Zeit nachlassen, wenn auch nicht in Vergessenheit geraten.

»Wir sollten los«, riss sie Calvin aus den Gedanken.

Gerade als sie sich aus der Hocke erhob, zuckte Loren zusammen und ein leiser Aufschrei entglitt ihr.

»Seht ihr die Staubwolke?«

»Bodentruppen«, rief Maggie.

Wie aus dem nichts ertönte auch das grausige Surren.

»Drohnen. Schnell, rüber zum Berg«, trieb sie Calvin an.

»Wir hätten dort viel früher hin müssen. Das wird nicht reichen«, befürchtete Loren.

Sie sprinteten an einer Felskuppe entlang. Das Surren wurde immer bedrohlicher. Die Staubwolken höher und näher. Plötzlich verheddterte sich Lorens Fuß beim Rennen in einem Gestrüpp, brachte sie zu Fall und sie schlitterte einen Abhang hinunter. Ihr Aufschrei stoppte Maggie und Calvin, die schon einige Meter Vorsprung hatten. Ilays Bruder hielt seine Begleiterin am Arm fest, als sie der Kleinen zur Hilfe eilen wollte.

»Renn´ rüber, hinein in den Tunnel. Ich kümmere mich um Loren.«

»Das reicht nicht mehr. Sie sind gleich da«, schrie Maggie panisch.

»Renn! Egal was geschieht. Schau nicht zurück. Lauf und finde Pierre.«

Maggie rannte. Tränenüberströmt sprang sie über alle Hindernisse hinweg, die ihr noch zwischen und dem natürlichen Tunnel den Weg versperrten. Kein umgefallener Baum und kein Gestrüpp konnte sie nun noch aufhalten. Sie musste es schaffen. Und doch glaubte sie, ihr würde das Herz zerspringen, wenn sie an Loren dachte.

Die Drohne sendete das Signal weiter. Wenige Sekunden später landete eine *Invisible Triangle III* direkt neben dem entflohenen Butler und dem Mädchen. Calvin hielt sich kniend die Hände vors Gesicht. Loren lag wie versteinert auf der trockenen Erde und wagte nicht, sich zu rühren. Sie hätte sich doch besser noch von ihrer Mum verabschiedet heute früh, bevor sie losgezogen war.

*

»Schnapp´ ihn dir, Pepe«, hallte es noch in seinen Ohren. Nun hatte er den Butler Schach Matt gesetzt. Das würde ihm einiges an Lob bringen, so hoffte er. Doch wer war das verängstigte Mädchen neben ihm? Sie zitterte vor Angst, das war kaum zu übersehen. Mitleid durfte er aber nicht zeigen. Er hatte einen Auftrag zu erledigen und das tat er. Die Bodentruppen würden sie in die Stadt bringen, dann könne er sich ja trotzdem mal nach ihr erkundigen, durchfuhr ihn ein Gedanke. Er blickte nervös immer wieder zum

Steinkreis, auch die beiden am Boden kauernden, taten es ihm gleich. Wann hatte man schon so eine Möglichkeit, das Öffnen eines Dim-Feldes, wahrhaftig in Echtzeit mitzuerleben.

Dort, wenige Meter vor dem Steinkreis, schwebte in Kniehöhe Shanes Triangle. Er stand schon davor. Sein Onkel Quentin übernahm das Cockpit. Der Regent würde zu Fuß hindurch gehen, so war der Plan. Eine Triangle würde zu viel Aufsehen erregen, dort drüben. Das wollte man dringlichst vermeiden. Die Luft begann zu flimmern. Es schien, als würde der ganze Steinkreis flackern. Etwas abseits oberhalb der Stelle, erblickten die Außenstehenden, eine Feuerkugel, die die Farben ständig von einem dunklen Gelb in ein stark leuchtendes Rot wechselte. Langsam glitt es hinab. Das musste das Wetterphänomen sein, das das Öffnen eines künstlich konstruierten Dim-Feldes begleitete, dachte sich Calvin.

Fasziniert verfolgten alle das Geschehen. Shane trat festen Schrittes auf das Dim-Feld zu. Großes Erstaunen überfiel diejenigen, die beim Eintritt Shanes bemerkten, dass von der dahinterliegenden Felswand jemand zur selben Zeit, von oben herab in den flackernden Steinkreis sprang.

Kapitel 2

Selbst der Himmel schien mitzuweinen an diesem grauen, in Nebel gehüllten Vormittag. Der Regen plätscherte auf das Meer aus schwarzen Schirmen.

Wie naiv wir Menschen doch sind, dachte Susanne. Wer kannte es nicht? Wir müssen uns öfter treffen, das nächste Mal warten wir aber nicht wieder so lange, bis wir uns wiedersehen und ähnliche Sprüche, hatte sie schon so oft gehört und auch selbst ausgesprochen. Ob bei Familienfeiern oder einem Treffen mit guten Freunden. Doch leider musste sie auch feststellen, dass je Älter sie wurde, diese Zusammentreffen immer häufiger nur noch bei Taufen, an Geburtstagen oder Hochzeiten stattfanden, wenn es sich um freudige Anlässe handelte. Aber leider Gottes auch immer öfter auf Beerdigungen, so wie heute.

Der Pfarrer gab wohl noch einige mutmachende Worte von sich, möglicherweise über das Wiedersehen im Himmelreich Gottes, oder etwas in der Art. Ganz genau verstand Susanne die Trauerrede nicht, hatte sie doch nur wenig von Stipes Muttersprache erlernt, in den letzten zehn Jahren, seit sie mit ihrem Mann zusammenkam. Wieder zusammen kam, erinnerte sie sich. Warum verschoben sie nur immer wieder die geplante Reise auf das Folgejahr? Hatten sie nicht Erstaunliches erlebt, damals? Zehn verflucht lange Jahre hatte man verstreichen lassen, um nun innerhalb weniger Wochen, zum zweiten Mal an diesem Ort zusammenzukommen.

Der kalte Wind peitschte über den kleinen Friedhof, hier oben auf dem 380 Meter hohen Gebirgskamm, mit Blick auf die kroatische Adria.

Sie traute sich kaum, die auf dem Festland lebenden Kinder, Enkel und Urenkel Ivos, anzuschauen. Das Schluchzen und Jauchzen traf sie mitten ins Herz. Wie groß musste der Schmerz sein, wenn man innerhalb von nur fünf Wochen seine Geliebten zu Grabe tragen musste.

Der alte Ivo und seine Maria lebten zurückgezogen in Lubenice, weit weg von den Touristenhochburgen und die Anzahl der Trauergemeinde hielt sich in Grenzen. Bald würde diese Siedlung komplett ausgestorben sein, vermutete Susanne. Von den Jüngeren wollte niemand mehr hier leben, man zog eben dort hin, wo man Geld verdienen konnte, und hier herrschte gespenstige Einsamkeit außerhalb der Touristensaison.

Das Vater Unser verstand Susi wieder. Dieses Gebet hatte ihr Stipe auf kroatisch beigebracht und leise sprach sie es mit, während der Sarg in die Grube hinabgelassen wurde. Die Familienmitglieder schaufelten nacheinander eine handvoll Erde in das Grab und warfen zum Abschied eine Blume hinunter. Danach erwies Ian McGregor die letzte Ehre. Der ehemalige Geschichtsprofessor aus Edinburgh, besuchte mit seiner Frau Betti immer wieder einmal die warmherzige Maria und ihren Ivo. Seit er seine Rente genießen durfte, zog es ihn immer wieder hierher. Auch er erinnerte sich nur allzu gut an diese seltsamen Vorkommnisse, die sich damals zugetragen hatten, und ein Sammelsurium an unterschiedlichsten Charakteren zusammengeschweißt hatte. Susanne ließ ihrem Mann den Vortritt und tat es ihm dann gleich. Es folgten noch Franz Schuhmacher aus Stuttgart, dieser Franz, der Susanne so angewidert hatte, damals als sie unfreiwillig zu Weggefährten wurden, und man nicht wusste, ob man heil aus der ganzen Geschichte herauskommen würde. Ja dieser Franz, der ihr so unglaublich primitiv vorkam und von dem sie geglaubt hatte, er würde sein letztes Hemd für einen Tropfen Alkohol hergeben. Doch auch ihn hatte sie inzwischen ins Herz geschlossen, nachdem was sie zusammen erleben mussten und nachdem sie nachvollziehen konnte, wie er zu leiden hatte, nach der Scheidung und dem Jobverlust. Zu guter Letzt verabschiedete sich Pierre ein letztes Mal von seinem Freund. Dieser Pierre, der ausschaute, als wäre er den siebziger Jahren des letzten Jahrhunderts entsprungen. Seinem nicht zeitgemäßen Kleidungsstil blieb er nach wie vor treu und an seinen Schnauzer ließ er definitiv keinen Rasierapparat. Ihm hatte man so viel zu verdanken. Er hatte sie heil hierhergebracht damals und er war es, der dafür sorgte, dass man Ivos und Marias Bekanntschaft machen durfte. Nur wegen seiner Hilfe und durch seinem Einsatz, war es möglich geworden, etwas so Eigenartiges, Seltsames, Außergewöhnliches zu erleben.

Etwas, das Susis Verstand manchmal zu leugnen begann. Etwas, von dem sie häufig glaubte, ihre Erinnerungen würden ihr einen Streich spielen, so unglaublich kam es ihr vor. Und Stipe? Ja, manchmal zweifelte auch er. Sprach von so etwas wie Massenhypnose. Wahnhafte Vorstellungen, ausgelöst durch den Stress, den sie bei ihrer Flucht erdulden mussten. Doch dann gab ihnen McGregor zu verstehen, dass der alte Ivo nie von seiner Geschichte abwich. Dass er überzeugt davon war, diese Engel, wie er sie nannte, seien real. Nie würde sie sein bubenhaftes, besserwisserisches Grinsen vergessen. Diese Reaktion drauf, wenn man von der Begegnung mit diesen Wesen sprach. Diese menschenähnliche, Liebe versprühende Wesen, die ihrem Mann und ihr selbst, Einblick gewährten. Einblick in eine alternative Realität, einer scheinbar real existierenden Dimension, in welcher sie und Stipe kein Paar werden konnten. Diese Wesen gaben auf telepathischem Wege zu verstehen, wie unheimlich komplex die Realität sei. In dem damaligen Moment hatte man das Gefühl, man könne verstehen. Parallelwelten, verschiedene Dimensionen, Zeitsprünge, all das schien tatsächlich zu existieren. Doch zu viele Jahre waren vergangen und das logisch denkende Gehirn suchte nach Erklärungen. Es konnte sich nicht so zugetragen haben. Was auch immer sie da unten in der Grotte erlebt hatten, es musste sich um eine Illusion gehandelt haben. In diese Gedanken versunken schaute Susi hinab zur Adria. Nicht weit von hier lag die Blaue Grotte. Vielleicht sollte man während des Aufenthaltes hier einfach ein Boot mieten und hinausschippern. Vielleicht würde sich vor Ort die Erinnerung wieder einstellen und man müsste nicht mehr spekulieren.

Nach den Beileidsbekundungen versammelten sie sich vor der Kirche des Friedhofs. Sebastian, Marias und Ivos Sohn, lud zum Leichenschmaus in die Konoba ein. Auf dem Weg zum urigen Keller, der während der Saison als kleines Restaurant genutzt wurde, kamen erneut alte Erinnerungen hoch. Hier kamen sich Susanne und Stipe näher. Seit ihrer Schulzeit hatten sie sich nicht mehr gesehen und das Schicksal führte sie an diesem schönen Flecken Erde wieder zusammen. War es Schicksal? Oder waren es höhere Mächte? War alles nur Zufall? Dieses Schmuddelwetter und die Trauer ließen sie keinen klaren Gedanken fassen.

»Hast du mich nicht verstanden?«, fragte sie Stipe auf dem Weg zu den uralten Gebäuden.

»Ähm, wie bitte? Entschuldige Schatz, ich bin wohl etwas abwesend.«

»Schon gut. Nur zu verständlich. Wir hängen wohl alle unseren Gedanken nach«, entgegnete ihr Mann einfühlsam.

»Was hast du denn gesagt?«, fragte Susi.

»Ich wollte wissen, ob du Alina abholst oder ob ich rauf ins Zimmer soll«, wollte er wissen.

»Ich geh schon. Wir treffen uns dann unten in der Konoba, Okay?«, antwortete sie.

Er legte den Arm beschützend um ihre Schultern.

Schweigend folgten sie dem Trauermarsch.

»Ich bin gleich bei euch«, sagte Susanne und bog in eine Seitengasse ein.

Ein paar Augenblicke später stand sie in dem Fremdenzimmer und bedankte sich bei Ian und Betti McGregors Tochter.

»Keine Ursache, Susi. Sie ist ja kein schwieriges Kind. Nur etwas sehr schweigsam.«, meinte die einundzwanzigjährige Rebecca.

Als Susanne die hübsche junge Schottin das erste Mal gesehen hatte, war sie kaum älter, wie ihre Tochter jetzt.

Nun war sie eine hübsche junge Frau und sprang als Babysitterin ein.

Alina saß auf dem Bett und spielte schweigend mit ihrem Teddybären. Sie schaute nicht einmal auf, als sie die Stimme ihrer Mutter vernahm, ganz so, als wäre sie in ihre eigene Welt vertieft.

»Ja, ich weiß. Keine Ahnung, was ich noch machen soll. Die Ärzte zweifeln nicht an ihrer Gesundheit. Sie sind alle der Meinung, dass sie sich irgendwann von ganz alleine öffnen wird.«

Rebecca nickte verständnisvoll.

Als sich Susi zu dem kleinen Mädchen hinunterbeugte, um ihr einen Kuss auf die Wange zu geben, drehte die Achtjährige den Kopf zur Seite. Heute war wohl wieder so ein Tag, an dem man nicht an sie herankam und sie Zärtlichkeiten ablehnte.

»Meinst du nicht, ihr hättet sie noch etwas länger im Kindergarten lassen sollen?«, fragte die junge Schottin zaghaft.

»Eigentlich wollten wir das schon, aber ...« Susi zögerte etwas mit der Antwort, »... aber die Erzieherinnen versicherten uns, dass es besser sei, sie aus der Gruppe herauszunehmen. Die anderen Kinder haben sie nicht angenommen und du kannst dir vorstellen, wie grausam Kinder sein können.«

»Was musste sie denn erdulden, dass ihr euch entschieden habt, sie Zuhause groß zu ziehen?«

Susi biss die Zähne zusammen und massierte sich mit den Fingerspitzen die Stirn. Sie wollte jetzt nicht darüber sprechen. Der Tag, die Beerdigung, war schon traurig genug.

»Komm Becci, lass uns zu den Anderen gehen«, forderte Susanne die ältere McGregor Tochter auf und vermied somit eine Antwort. Beccis jüngere Schwester war in Schottland geblieben.

*

Maggie hatte das Gefühl, sie würde das Bewusstsein verlieren. Nachdem sie gesprungen war, blendete sie ein gleißendes Licht. Sie wurde in zunehmendem Tempo herumgewirbelt. Weder sah sie Shane, der nur einen Augenblick vor ihr in das Dim-Feld getreten war, noch erkannte sie die Konturen des Steinkreises. Ihr wurde übel. Was, wenn sie einen Fehler gemacht hatte? Vielleicht bräuchte man ja einen Schutzanzug oder irgendeine Apparatur von der sie nichts wusste? Das war keine wohldurchdachte Aktion. Die Gedanken strömten nur so auf sie ein. Wenn diese Karussellfahrt nicht bald zu Ende gehen würde, müsste sie sich sicherlich übergeben. Ihr Magen rebellierte. Warum konnte sie nichts erkennen? Sie musste die Augen schließen. Es wurde immer heller und sie glaubte, sie würde direkt in die Sonne starren. Erst als sie das Gefühl hatte, das Umherschleudern würde nachlassen, traute sie sich, zu blinzeln. Vorsichtig öffnete sie die Augen wieder. Langsam schien sie etwas wahrnehmen zu können. Das Tempo verringerte sich zusehends, verlangsamte dermaßen, dass sie nun das Gefühl hatte, alles würde in Zeitlupe geschehen. Sie erkannte einen grünen Wald. So viele Bäume. Sie konnte nicht aufhören zu staunen und vergaß für Sekunden ihre Befürchtungen. Auch einen riesigen See, voll mit blauem Wasser, entdeckte sie. Diese Fülle, wo auch immer sie von oben herab hinblickte, so etwas war ihr gänzlich fremd. Nein, dies war nicht mehr ihre

Welt. Die Schwerkraft schien sie wie an einem Gummiband, vorsichtig hinabzuziehen. Kurz kam ihr der Gedanke, dass die Betonwand dieser Talsperre, einer Seite des Wasserbeckens ihrer ehemaligen Wasserversorgung, ähnelte. Plötzlich schien die Zeit still zu stehen. Sie hatte festen Boden unter den Füßen. Kein Flimmern oder Flackern mehr, kein helles Licht. Vogelgezwitscher drang an ihre Ohren. Faszinierend. Diese Luft, diese ach so angenehme, gesunde Luft. Sie konnte es kaum glauben und nahm einen tiefen Atemzug. Herrlich. Dies musste das Paradies auf Erden sein. Plötzlich hörte sie ein lautes Knacksen.

Sofort war sie wieder auf der Hut. Wo auch immer sie jetzt war, Shane konnte nicht weit sein, vermutete sie.

Sie presste ihren Brustkorb an einen Baumstamm. Vorsichtig legte sie den Kopf zur Seite und versuchte, einen Blick zu erhaschen. Ein paar Bäume weiter, auf einer Grünfläche entdeckte sie ihn. Wusste er, dass auch sie gesprungen war? Konnte er es wahrnehmen? Wenn sich dieser Vorgang für alle gleich anfühlen sollte, konnte er nichts davon mitbekommen haben. Sie beschloss, ihm so unauffällig wie nur irgendwie möglich zu folgen. Von weitem machte er einen routinierten Eindruck. Selbstsicher, so als würde er sich hier gut auskennen, steuerte er auf einen Parkplatz zu. Maggie staunte abermals. Hier standen Autos herum. Und die machten einen ganz brauchbaren Eindruck. Diese Dinger wurden in ihrer Welt nicht

mehr produziert, aber es gab Bildmaterial und Video-
aufnahmen aus der Zeit vor der großen Katastrophe.
An einem auf Hochglanz polierten Wagen, lehnte ein
Mann mittleren Alters und schaute auffallend oft auf
seine Armbanduhr. Shane schien ihn direkt anzusteuern. Dies bestätigte sich als Maggie neugierig verfolgte, wie er Shane zu sich winkte. Von ihrer Stelle
aus konnte sie das Gesprochene leider nicht hören,
aber beide machten einen erfreuten und gelassenen
Eindruck auf sie.

Sie musste unbedingt dran bleiben. Nur gab es
da ein Problem. Sie würde ihnen ja kaum zu Fuß folgen können, sollten die Beiden losfahren, und sie ansprechen wäre wohl auch keine gute Idee, oder doch?

Sie musste näher ran, unauffällig an ihnen vorbei
schlendern. Vielleicht hatte sie Glück und konnte zumindest ein paar Wortfetzen verstehen. Die beiden
beugten sich über den geöffneten Kofferraum. Das
war gut, dachte Maggie. So würde sie nicht bemerkt
werden, wenn sie an ihnen vorbeiging. Ihr Herz
pochte. Warum sprachen sie denn nichts? Sie konnte
ja nicht neben ihnen stehen bleiben. Nun war sie vor-
beigegangen und hatte sie im Rücken. Am nächsten
Auto würde sie so tun, als würde es ihr gehören, mit
dem Rücken zu den Männern gewandt. Ja, das wäre
nicht so auffällig. Doch kaum hatte sie den Gedanken
zu Ende gedacht, schnürte es ihr den Atem zu. Maggie röchelte. Verdammt aber auch. Man zog ihr die
Arme auf den Rücken und fesselte sie. Vor ein paar

Minuten noch musste sie die Augen vor diesem blendenden Licht verschließen, nun würde es auch gleich schwarz werden. Sie spürte, wie sich das Seil in die Haut ihres Halses schnitt. Das durfte nicht wahr sein. Sie wollte so nicht sterben. Nicht hier, so nahe an Pierre dran. So nah man eben in einer Dimension sein konnte. Schließlich wusste sie nicht, wo er sich aufhielt. Doch trennten sie zumindest keine Welten mehr. Maggie verlor das Bewusstsein und bekam nichts mehr davon mit, wie man sie auf den Rücksitz legte und eine Decke über sie warf.

»Es ist doch immer wieder herrlich zu sehen, wie dumm und naiv die Menschen doch sind«, spottete Shane vom Beifahrersitz aus.

»Da glaubt die Alte doch wirklich, dass sie so einfach unbemerkt durch ein Dim-Feld wandern kann.«

Der Fahrer lachte.

»Ich bin zufrieden. Es läuft alles nach Plan. Nun haben wir ein perfektes Druckmittel für Pierre.«

Der Fahrer nickte, während er den Parkplatz verließ. Danach lenkte er den Wagen durch ein Waldstück, in Richtung Eupen, einer Kleinstadt in Ost-Belgien.

Nach ein paar Minuten der Stille meldete sich Shane wieder zu Wort.

»Diesmal haben wir nicht für Aufsehen gesorgt. Unser Auftauchen blieb unbemerkt, denke ich«.

»Ja, es ist um einiges geschickter, ohne eine Triangle die Welt zu wechseln«.

»Obwohl ich mir im Nachhinein ein Schmunzeln nicht verkneifen kann, wenn ich daran denke, wie diese Affen hier durchdrehen, wenn sie eines unserer Flugobjekte zu Gesicht bekommen«.

Beide lachten.

*

»Kommt und setzt euch mit mir an den Kamin, Schatz«, forderte Stipe seine Frau und seine kleine Tochter auf.

»Sie ist heute wieder einmal in sich gekehrt«, flüsterte ihm Susi zu.

Stipe streichelte seiner Kleinen über den Kopf. Sie gab ihm mit einer ruckartigen Bewegung zu verstehen, was sie davon hielt.

Enttäuscht nahm er die Hand seiner Frau und setzte sich mit ihr auf die Holzbank vor dem Kamin. Das Brennholz knisterte vor sich hin und spendete wohltuende Wärme.

»Erinnerst du dich?«, fragte der Halbkroate.

»Wie könnte ich das jemals vergessen«, antwortete Susi und schmiegte ihren Kopf an seine Schulter. »Der Abend bevor wir in die Grotte gingen. An genau dieser Stelle kamen wir uns näher und versuchten gleichzeitig zu verstehen, was uns hergeführt hatte.«

Stipe nickte zustimmend.

»Und wir trauten niemandem über den Weg. Versuchten einzuschätzen, wer was für eine Rolle spielte.«

»Stimmt. Und nun, zehn Jahre später, fühlt es sich an, als ob wir alle eine Familie wären«, erwiderte Susi.

»Leider sind es jetzt zwei Familienmitglieder weniger, wenn du so willst. Auch wenn man damit rechnen musste, schließlich lebt niemand ewig, und Maria und Ivo hatten den Altersdurchschnitt ganz schön angehoben«, lächelte Stipe liebevoll, in Gedanken an ihre damaligen Gastgeber.

»Kommt ihr zu Tisch, bitte? Es gibt frischen Speck, Schinken und Ziegenkäse. Das Weißbrot ist noch ganz warm und heimische Oliven haben wir auch«, lud sie Sebastians Frau ein.

»Nun habe ich ein De ja Vú«, flüsterte Susi ihrem Mann zu.

»Ja, erinnert tatsächlich alles sehr an damals.«

Nach einer kurzen Rede, die Sebastian, vor dem Tisch stehend, in Erinnerung an seine Eltern vortrug, erhob man die Gläser mit dem Rotwein.

Man aß, und unterhielt sich. Plötzlich richtete Pierre sich an Alinas Eltern. Er saß ihnen gegenüber und Ian McGregor hatte neben ihm Platz genommen.

»Ihr solltet euch nachher etwas anschauen«, erklärte er.

»Okay, und was genau soll das sein?«, fragte Stipe.

»Ivo hat euch etwas hinterlassen«, antwortete nun der Geschichtsprofessor.

»Uns?«, wunderte sich Susi.

Pierre und Ian McGregor nickten gleichzeitig.

»Was denn hinterlassen? Ich meine, die paar Habseligkeiten, die sie hatten, haben sie doch mit Sicherheit ihren Kindern und Enkeln vermacht«, gab Stipe zu verstehen.

»Das, was wir euch zeigen werden, ist für euch bestimmt. Aber schaut es euch selbst an. Oder besser gesagt, lest es euch durch«, tat Pierre verschwörerisch.

»Jetzt bin ich aber neugierig. Okay, dann nur zu. Von mir aus gleich. Ich bin satt«, forderte sie Susi zum gehen auf.

Stipe bat Becci darum, sich für einige Minuten noch mal, um Alina zu kümmern und dann verließen die vier die Konoba und gingen hinauf in das alte Steingebäude, indem Ivo und Maria die letzten Jahrzehnte ihr Leben verbrachten.

Aus einer klapprigen Schublade, die zum Wohnzimmerschrank aus dem letzten Jahrhundert gehörte, zog Pierre ein Ledereinband. Der wundervoll verzierte Block beinhaltete nur zwei vergilbte Blätter, die mit Tinte beschrieben waren.

»Hier ist es. Lest es euch durch. Es ist auf Deutsch verfasst«.

Stipe runzelte die Stirn und Susi hob fragend die Hände.

»Nun macht schon. Fragt danach, was ihr zu fragen habt«, forderte sie nun auch McGregor auf.

Schweigend und in die Zeilen vertieft verloren ihre Gesichter deutlich an Farbe.

Susi schüttelte ungläubig den Kopf. Stipe sprang auf und wanderte durch den kalten Raum. Beide wollten dies für einen komischen Scherz halten. Doch das passte weder zu dem alten, nun verstorbenen Ivo noch zu Pierre oder McGregor. Nun war es also tatsächlich wieder soweit. Die ganzen Erinnerungen waren wieder da. Man versuchte, das Erlebte wohl Jahrelang zu verdrängen, auch wenn die Erinnerung an die sogenannten Schöpfer eine schöne war. Der Verstand forderte eben Vernunft und das Geschehene fühlte sich nicht vernünftig an. Und Pierre? Was war mit Pierre? Immer weniger sprach er über die Welt, die er verlassen hatte, und darüber, wie er hierher geflüchtet war. Susi glaubte sowieso, dass man ihm durch Hypnose oder was auch immer falsche Erinnerungen eingepflanzt hatte, und nachdem von seiner Seite aus irgendwann gar keine Aussagen mehr kamen, fühlte sie sich in ihrer Vermutung bestätigt. Jetzt aber musste sie diese Zeilen lesen.

»Das muss eine Fälschung sein«, sagte Stipe, als erster das Schweigen brechend.

»Ich hab es schon überprüfen lassen Stipe. Du weißt, dass ich die Kontakte dazu noch immer habe, auch wenn ich inzwischen in Rente bin. Die Blätter und die Schrift sind einige Jahrzehnte alt. Die Zeilen wurden geschrieben, als noch keiner von uns Kontakt zu Ivo hatte«, versuchte McGregor die beiden zu überzeugen.

»Woher hätte er das alles wissen können?«, fragte Susi.

»Nun, ich glaube die Antwort kennt ihr, wollt es aber nicht wahrhaben«, antwortete der Schotte mit ruhiger Stimme.

»Von den Schöpfern, den Außerirdischen«, hauchte Stipe.

»Das würde zumindest erklären warum er sie bis zu seinem Tod für Engel hielt, als gläubiger Katholik«, ergänzte Susi.»Pierre, was ist deine Meinung hierzu?«, wollte Susi wissen.

»Ich habe euch zwar einiges über meine Welt erzählt, aber ich habe, ehrlich gesagt, auch manches zurückgehalten. Für euch war es schwer genug, mir Glauben zu schenken und obwohl ihr ihnen, den Schöpfern, von Angesicht zu Angesicht gegenüber standet, seid ihr dennoch immer noch skeptisch, dass könnt ihr nicht leugnen.«

Susi kniff die Augen zusammen und presste folgende Worte hervor: »Nun rück´ schon raus mit der Sprache. Es ist jetzt nicht der richtige Zeitpunkt für Kritik«.

»In Ordnung. Der sogenannte Schöpfermythos, dort in meiner Welt und inzwischen auch hier in dieser, der Glaube, dass durch Genmanipulation durch Außerirdische der erste Mensch, der Homo sapiens, erschaffen wurde, ist nur eines der Überlieferungen. Krampfhaft versuchten die Erleuchteten die Legende um das Wunderkind zu verheimlichen, aber man kann nicht alles verbieten und unterdrücken. Die mündlichen Überlieferungen konnten sie nicht gänzlich verbieten.«

Stipe legte verzweifelt seinen Kopf in die Hände.

»Das ist Irrsinn. Das ist alles der absolute Wahnsinn. Wieso sollte unsere Alina dieses Kind sein? Vorausgesetzt ich würde überhaupt in Erwägung ziehen, dass es so ein Wunderkind überhaupt geben könnte«, protestierte er.

»Vielleicht sollten wir sie zu uns holen und sie darauf ansprechen?«, meinte McGregor ganz vorsichtig.

»Ian, sie ist acht Jahre alt. Was bitteschön sollen wir sie denn deiner Meinung nach fragen? Sie spricht doch eh kaum ein Wort«, empörte sich Susi.

»Bitte regt euch nicht auf. Ich verstehe euch ja, glaubt mir. Aber vielleicht ist genau das der Grund, warum sie sich so eigenartig verhält und bitte verzeiht mir, wenn ich das so sage«, versuchte Ian zu beschwichtigen.

»Ich kann das nicht glauben, Ian«, schrie Stipe verärgert. »So ein Vorschlag, von so einem intelligenten Mann wie dir? Was fällt dir nur ein?«

»Ich bitte dich, Stipe. Versuche, einen klaren Gedanken zu fassen. Als du mir damals auf der Fähre, die uns von der Insel Krk zur Insel Cres übersetzte, erklärt hast, warum wir uns begegnen mussten und dass es irre Auftraggeber seien, die sich für Außerirdische ausgeben würden, und du kurz vor einem Nervenzusammenbruch standest, war ich derjenige, der Ruhe bewahrte und nichts für unmöglich hielt. Erinnerst du dich?«, wollte er wissen.

Stipe schaute ihn schweigend an.

»Nichts anderes erwarte ich jetzt von euch beiden. Die Wahrheit wird schon ans Licht kommen, so oder so. Aber ich bitte euch, lasst uns Alina dazu befragen, auch wenn sie noch ein kleines Kind ist. Wir werden schon aufpassen, was wir für Fragen stellen und wie wir sie stellen. Ist das akzeptabel?«

»Oh mein Gott«, hauchte Susi, »haben wir denn eine andere Wahl?«

*

»Hallo, Maggie, aufwachen. Hörst du mich?« Shane versuchte Maggie wachzurütteln.

Sie brummelte unverständliche Worte vor sich hin.

»Komm schon, Maggie«, drängte er.

Vorsichtig blinzelte sie. Ihr Hals schmerzte und Kopfschmerzen hatte sie auch.

»Na, wieder unter den Lebenden?«, fragte Shane erstaunlich einfühlsam.

»Wo bin ich?«, fragte die Anführerin des Untergrunds verwirrt.

»Spielt das eine Rolle? Du kennst dich in dieser Welt sowieso nicht aus«, erwiderte er, ohne erkennbaren Hohn in der Stimme.

Da war auf einen Schlag die Erinnerung zurück. Das Dim-Feld. Loren und Calvin, was war mit ihnen geschehen? Man hatte sie geschnappt. Und sie? Ihr erging es auch nicht besser. Der Parkplatz. Shane und der Fremde, ab dann fehlte jegliche Erinnerung. Sie lag auf einer Couch in einem spärlich eingerichteten Zimmer. Tageslicht strömte durch die zugezogenen Gardinen herein.

»Hier, nimm das. Trink ein wenig davon und es wird dir bald besser gehen«, forderte sie Shane auf, indem er ihr ein Glas hinhielt.

»Was ist das?«, fragte Maggie misstrauisch.

»Keine Angst. Nur Wasser und eine aufgelöste Kopfschmerztablette.«

War dem so? Oder wollte er sie vergiften? Als hätte er ihre Gedanke lesen können sagte er: »Nun trink schon. Hätte ich dir was antun wollen, wäre es schon längst erledigt. Du warst jetzt eine knappe Stunde bewusstlos.«

»Eine Stunde?«, fragte Maggie entgeistert.

»Tut mir leid. Nachdem du das Bewusstsein verloren hast, musste ich dich sicherheitshalber noch betäuben. Wärst du im Auto in Panik geraten, wäre es zu auffällig geworden. Hier in der Stadt hätte es zu viel Aufsehen erregt.«

Maggie versuchte zu kombinieren. Sie waren also in einer Stadt. Und Shane verhielt sich seltsam fürsorglich. Warum? Das passte nicht zu einem Erleuchteten, geschweige denn zu einem O´Sullivan.

»Hast du Hunger?«, wollte er wissen.

Ihr Magen knurrte tatsächlich. Doch Maggie ignorierte die Frage.

»Wo ist der andere?«, fragte sie, während ihr Blick suchend durch den Raum wanderte.

»Ich habe ihn losgeschickt, um ein paar Vorkehrungen zu treffen und um dir ein paar passende Klamotten zu besorgen. So kannst du hier nicht rumlaufen.«

»Ich glaube, ich habe tatsächlich Hunger.«

»Du bekommst gleich was zu essen. Auch das habe ich ihm aufgetragen. Er wird uns etwas Warmes besorgen.«

Shane war also alleine mit ihr in diesem Zimmer. Sollte sie einen Fluchtversuch wagen? Könnte sie ihn überwältigen? Nein, er war zwar nicht von allzu kräftiger Statur, aber im besten Alter, und als O´Sullivan natürlich in verschiedenen Kampfsportarten sehr gut ausgebildet. Diesen Gedanken konnte sie sofort wieder verwerfen.

»Was hast du jetzt mit mir vor? Und wer ist der andere Kerl?«

Sie musste so viele Informationen wie nur irgend möglich aus Shane herauskitzeln, um nicht völlig verloren zu sein, sollte sie irgendwie freikommen und Pierre finden wollen.

»Nur Geduld. Ich bin nicht dein Feind. Auch wenn du das nicht glauben magst?«

Maggie entglitt ein verächtliches Lachen.

»Deine Reaktion verwundert mich nicht«, meinte Shane etwas enttäuscht, aber verständnisvoll.

»Nicht mein Feind? Wie viele von meiner Gruppe habt ihr getötet auf eurer Suchaktion nach Calvin? Und was habt ihr mit ihm und Loren gemacht? Ich hab noch gesehen, wie sie festgenommen wurden«, entgegnete sie vorwurfsvoll.

Shane schenkte ihr Wasser nach.

»Ich kann dir nicht alle Fragen gleichzeitig beantworten und es wird eine Zeit brauchen, bis du verstehst.«

Das war wohl kaum die Art Auskunft, die Maggie erhofft hatte. Aber es war auch nichts anderes zu erwarten. Doch seltsam war es durchaus. Wieso verhielt er sich so? Komischerweise verspürte sie keine Angst mehr in seiner Anwesenheit. Er wirkte nicht bedrohlich, aber das war sicher nur ein Schauspiel. Der Hohe Rat führte seit Generationen ein Theaterstück auf, da war diese Inszenierung nun auch keine Meisterleistung. Sie würde er nicht täuschen. Zu lange hatte sie in der Stadt gelebt. Man hatte ihr und ihrem

Pierre übel mitgespielt, da war kein Platz mehr für Vertrauen.

Sie richtete sich auf. Sitzend streckte sie Arme und Beine von sich. Ihre Muskeln waren verspannt.

»Woher wusstest du eigentlich, dass auch ich durch das Dim-Feld gesprungen bin.«

»Woher ich es wusste? Maggie, Maggie«, nun war doch etwas Spott in seiner Stimmlage zu vernehmen, »nicht nur, dass ich es wusste. Ich habe es in die Wege geleitet.«

»Was? Wie bitte?«, entgegnete sie schockiert.

»Du unterschätzt uns doch gewaltig, obwohl du es besser wissen müsstest.«

Wie hätte er das tun sollen? War Calvin doch in ein Komplott verwickelt? Sie hätte Ilays Bruder nicht vertrauen dürfen, kritisierte sie sich in Gedanken selbst.

»Calvin! Er war in die ganze Sache eingeweiht, ja?«, glaubte sie nun zu wissen.

Shane verneinte kopfschüttelnd.

»Ich habe Calvin nur benutzt. Wie hätte er bitte den Hauptrechner knacken sollen? Er hat doch keine Ahnung davon, wie man in das System eindringen und etwas umprogrammieren kann.«

»Und wie kam er dann an die Daten?«

Maggie verstand gar nichts mehr.

»Nur mein Großvater als Ranghöchster war dazu autorisiert, das System herunterzufahren und neu starten zu lassen. Es gab nie einen Systemausfall, wie dir Calvin sicher fälschlicherweise berichtet hat. Da der alte Mann inzwischen Senil ist und nicht mehr in der Lage dazu ist, als Oberhaupt zu regieren, wurde beschlossen, vor seinem Ableben, einen neuen Regenten zu installieren. Aus den unterschiedlichsten Gründen fiel die Wahl auf mich.«

»Ich verstehe immer noch nicht«, warf Maggie ungeduldig ein.

»Nur Geduld, ich bin dabei, es dir zu erklären.«

Maggie hielt sich zurück. Sie beschloss, ihn sprechen zu lassen.

»Also. Folgendermaßen. Ich habe meinen Großvater rechtzeitig davon überzeugt, dass ich ein paar Systemänderungen durchführen lassen wolle. Er verspürte meinen Tatendrang und wollte nicht hinderlich sein, da ich ja sowieso das Amt übernehmen würde, und so übergab er mir die Kontrolle über den Hauptrechner, noch bevor die Zeremonie stattgefunden hatte. Ich sorgte dafür, dass der Rechner bei seinen Routinescans selbständig reagiert, sobald sich Calvin alleine in einem Raum aufhalten würde. Ich gab das Zeitfenster an, wann es geschehen sollte. Als der Zeitpunkt schließlich eingetroffen war, wurde Calvin dazu aufgefordert, sich in das System einzuloggen. Er schaute wirklich ganz schön verdutzt, damit hatte er nicht einmal im Traum rechnen können.« Shane lachte, als er sich an die Videoaufzeichnungen erinnerte, die er von diesem Geschehnis zu Gesicht bekam. »Und es entspricht auch nicht der Wahrheit, dass mehrere Personen beim Verlassen der Stadt, von den Sensoren der Kuppel nicht registriert wurden. Ich habe nur einen neuen Befehl programmiert, der es so hat aussehen lassen. Sobald Calvin die Stadt verlassen hatte, wurde eine neue Datei angelegt, die nur von mir einzusehen war und nach wie vor nur von mir einzusehen ist. Da ein Zug mit Lotteriegewinnern zeitgleich die Kuppel durchfuhr, kamen eben noch ein paar Personen mit hinein in die Datei. Für unsere IT-Abteilung sah es wie ein Systemausfall aus, den sie sich nicht erklären konnten. Soweit verstanden?«, fragte er lächelnd.

»Einigermaßen«, erwiderte Maggie, während sie sich bildlich versuchte vorzustellen, wie sich das geschilderte abgespielt haben musste, so denn Shane keinen Blödsinn erzählte. Und die Wahrscheinlichkeit, dass er ihr etwas vorgaukelte, war groß. Nur den Sinn dahinter, konnte Maggie nicht erkennen. Noch nicht.

»Sagen wir einmal, ich würde dir glauben. Warum hast du dann meine Leute töten lassen? Das erweckt nicht gerade Vertrauen«, griff sie ihn an.

»Maggie, denk nach. Hätte ich den Befehl nicht erteilt, so hätte es ein anderer getan, mit dem Unterschied, dass Zweifel an meinen Führungsqualitäten aufkommen würden. Und das gleich zu Beginn meiner Regentschaft. Obwohl das kein Trost für dich sein kann, so musst du zugeben, dass es Sinn ergibt, oder etwa nicht?«

Was führte er nur im Schilde? Sie wurde einfach nicht schlau daraus. Wollte er ihr etwa tatsächlich weismachen, er hätte irgendwelche guten Absichten? Und falls ja, was denn für welche? Das System funktionierte. Er war, ist und bleibt ein O´Sullivan. Sein ganzes Leben lang wurde er auf seine Regentschaft vorbereitet. Warum also sollte er einen anderen Weg wie seine Vorfahren einschlagen wollen? Nein, das ergab für Maggie noch keinen Sinn.

»Und was hast du nun vor?«

»Wie schon gesagt, es braucht Zeit, um dir das alles zu verdeutlichen. Diese Zeit werden wir aber haben, auf unserer Reise.«

»Welche Reise denn?«, fragte sie erstaunt.

»Du willst doch zu Pierre? Oder etwa nicht?«, meinte er erneut lächelnd.

Hatte er tatsächlich Pierre gesagt? Ihr Herz pochte wie wild. Was wusste dieser Kerl denn noch alles? Okay, das war vielleicht nicht sonderlich schwer zu erraten. Natürlich konnte man sich zusammenreimen, warum sie hierher in diese Welt wollte, aber dennoch. Was davon spielte ihm in die Karten, und wie und warum?

Maggie wurde es leicht schwindelig, als sie versuchte, dieses Schauspiel zu durchschauen.

»Das kann ich ja nur schwer leugnen«, entgegnete sie.

»Wenn du mir etwas Zeit gibst und auf keine dummen Gedanken kommst, versichere ich dir, dass ich euch zusammen bringe.«

Maggie grübelte.

»Es bringt nichts, wenn ich dir Vertrauen vorheuchle aber ich sehe im Augenblick auch keine andere Möglichkeit für mich, Pierre zu finden«, sagte sie ehrlicherweise.

»Wenn alles nach Plan verläuft, habt ihr nichts zu befürchten. Ganz im Gegenteil. Alles kann sich zum Guten wenden«, versuchte er, sie zu überzeugen.

»Kommt drauf an, aus welchem Blickwinkel man es betrachtet. Gut für wen? Für Pierre und mich? Für meine Leute? Loren? Oder gut für euch?«, meinte sie missmutig.

»Gut für alle!«

»Das ist unmöglich. Unsere Ansichten unterscheiden sich gänzlich.«

Shane nickte verständnisvoll.

»Davon gehst du aus. Wenn du die Erleuchteten meinst und den Untergrund, dann stimme ich dir zu. Wenn du aber deine und meine Ansichten meinst, dann täuschst du dich gewaltig, aber das kann ich dir nicht übel nehmen.«

Was denn? Was redete der denn nur für einen Unsinn? Maggie war felsenfest davon überzeugt, dass sie nichts gemeinsam haben konnten. Ein Ding der Unmöglichkeit.

»Wieso solltest du mit mir einer Meinung sein?«

»Weil nicht nur du die alten Schriften studiert hast. Ich habe mich jahrelang ausgiebig mit ihnen befasst, mit dem Unterschied, dass ich nicht laut darüber nachgedacht habe. Ich hatte also keine Konsequenzen zu tragen. Ganz im Gegensatz zu dir.«

Worauf wollte er hinaus?

»Und du kamst zu welcher Erkenntnis?«, hakte sie nach.

»Maggie, woher stammt denn unsere Technologie? Die Welt lag nach der großen Katastrophe in Schutt und Asche. Aber irgendjemand hatte wohlwissend, rechtzeitig für die Kuppeln gesorgt, für die Schutzzonen, für einige Wenige. Jemand ergatterte eine *Invisible Triangle*. Aber wie und von wem? Ich glaube, auf diese Fragen hast du schon die richtigen Antworten«, forderte er sie zum kombinieren auf.

»Na, deine Vorfahren, die O´Sullivans«, gab sie trocken wieder.

»Das ist korrekt. Aber wie war es ihnen möglich? Hast du dir diese Frage einmal gestellt?«

»Natürlich habe ich das,« reagierte sie gereizt, »aber letztendlich habe ich keine vernünftige Erklärung dafür. Was weiß ich, woher deine Leute diese Kenntnis und Fähigkeit besaßen?«

»Ich helfe dir auf die Sprünge. Mal schauen, was von deinem Wissen noch übrig geblieben ist.«

Maggie legte den Kopf zur Seite.

»Na dann lass mal hören.«

»Nehmen wir die Bibel. Erstaunlich genug, dass dieses Buch in sämtlichen, von Menschen besiedelten Dimensionen, in Erscheinung getreten ist, doch noch erstaunlicher ist, wie die Worte missverstanden werden.«

»Worauf willst du hinaus?«

»Nehmen wir gleich eine der ersten Stellen der Schrift. Sagt dir Genesis 1:26 noch etwas?«

»… und Gott sprach, ich erschuf den Menschen nach meinem Abbild oder so ähnlich.«

»Falsch, Maggie. Plural. Korrekt steht da, und da frage ich mich, wie man das ins Massenbewusstsein gepflanzt hat, dass es immer wieder falsch interpretiert wird, also korrekterweise heißt es: *Da sprach Gott: Lasst uns Menschen machen nach unserem Bilde, uns ähnlich, und sie sollen herrschen über die Fische im Meer und über die Vögel am Himmel und über das Vieh und über alle wilden Tiere und über alles Gewürm, das auf der Erde umherkriecht.«*

»Na und?«

»Wie gesagt, es wird ein Weilchen dauern, aber nehmen wir einen anderen Abschnitt. Gott verlangte am siebten Tag solle man ruhen. Doch was steckt dahinter? Der heutige Mensch wurde durch Genmanipulation erschaffen. Ein Mischwesen aus den Schöpfern und den primitiven Zweibeinern, die den Planeten Erde besiedelten. Der siebte Tag symbolisiert das Endprodukt, in sieben Phasen hatte man den Planeten soweit umgemodelt, wie man es für sinnvoll hielt. In der siebten Phase ruhten die Schöpfer, denn dem neugeschaffenen Wesen wurde der Planet übergeben.«

»Worauf willst du eigentlich hinaus?«, fragte Maggie etwas mürrisch.

Geduldig fuhr Shane fort.

»1.Mose 6,1-4: *Als aber die Menschen sich zu mehren begannen auf Erden und ihnen Töchter geboren wurden, da sahen die Gottessöhne, wie schön die Töchter der Menschen waren, und nahmen sich zu Frauen, welche sie wollten. Da sprach der HERR:Mein Geist soll nicht immerdar im Menschen walten, denn er ist Fleisch. Ich will ihm als Lebenszeit geben hundertzwanzig Jahre. Es waren Riesen zu den Zeiten und auch danach noch auf Erden. Denn als die Gottessöhne zu den Töchtern der Menschen eingingen und sie ihnen Kinder gebaren, wurden daraus die Riesen. Das sind die Helden der Vorzeit, die hochberühmten.«*

So langsam war Maggie genervt von dem Vortrag.

»Shane, was willst du mir damit sagen? Ich kenne die Zitate, dieser Bibelstellen.«

»Was glaubst du denn, wer diese Gottessöhne waren? Und was denn bitteschön für Riesen?«

»Ich höre.«

»Der Oberbefehlshaber der Raumflotte, wurde fälschlicherweise mit einem unsichtbaren Gott verwechselt und gleichgesetzt. Obwohl es dazu eindeutige Aussagen in vielen Schriften gibt. Die Gottessöhne sind also keine mystischen Engel, sondern Außerirdische. Astronauten, wenn du so willst. Der

Homo sapiens wurde aus ihrer DNA erschaffen Es war nichts Mystisches dran, wenn sich also, diese Schöpferwesen aus Fleisch und Blut, mit den von ihnen erschaffenen Frauen vergnügten und Nachfahren zeugten. Was die Riesen betrifft ... Nur eine falsche Übersetzung und Fehlinterpretation. Es müsste die Großen heißen. Die Großen, wie zum Beispiel ein Monarch, ein Herrscher, ein Anführer eben. Selbstverständlich wurden die Kinder, die gezeugt wurden, zu Anführern. Nicht alle, aber dennoch viele. Schließlich waren sie zum Teil direkte Nachfahren der Schöpfer.«

Maggie schüttelte den Kopf.

»Also gut. Soll heißen?«

»Die oder besser gesagt, *wir*, O´Sullivans, entspringen einer direkten Linie.«

Maggie schlug sich auf die Schenkel und gab ein lautes Lachen von sich.

»Amüsant? Freut mich, wenn ich dich mit dieser kleinen Geschichtsstunde etwas aufheitern konnte.«

Shane schien nicht einmal gekränkt zu sein. Doch glaubte er diesen Quatsch tatsächlich selbst? Wohl kaum. Auch wenn sie nicht leugnen konnte, dass der Vortrag interessant war.

Bevor Maggie im Stande war, etwas zu erwidern, wenn sie überhaupt genau gewusst hätte, was sie darauf hätte erwidern sollen, hörte sie das Zuknallen einer Tür.

Der Fremde vom Parkplatz trat ins Zimmer, in den Händen Einkaufstüten.

»Da bin ich wieder,« grüßte er, »ich sehe unsere Abtrünnige ist wieder wach«, stellte er fest.

Abtrünnige? Warum verhielt er sich so herablassend, während Shane sich wohlwollend verhielt? Sie musste davon ausgehen, dass dieser Typ nicht eingeweiht war, in was auch immer.

*

»Sie sind nicht mehr in der Konoba«, sagte Susi mit zittriger Stimme.

»Dann werden sie in Beccis Zimmer sein. Hast du dort nachgeschaut?«, fragte Stipe.

»Natürlich hab ich das. Leute, mein Kind ist weg. Wir müssen sie suchen.«

Die Anwesenden staunten und schienen verwirrt, bis auf Pierre.

»Sie können nicht weit sein, Susi. Verfalle bitte nicht in Panik, schließlich ist Rebecca bei ihr.«

»Ach ja? Und wo bitteschön sollen sie bei dem Wetter hingegangen sein?«

»Kommt Leute, wir müssen sie suchen«, sagte Stipe und legte dabei seinen Arm um Susis Schulter.

McGregor ging noch mal runter in den urigen Keller und fragte bei der Familie des Verstorbenen nach, ob man wüsste, wohin die Mädchen verschwunden sind. Doch leider blieb dies ohne Erfolg, niemand hatte bemerkt, wann sie die Konoba verlassen hatten, da sie in ein Gespräch vertieft waren.

Pierre lief die Gassen der kleinen Siedlung ab, aber außer ein paar streunenden Hunden und Katzen bekam er niemanden zu Gesicht.

Susi und Stipe suchten ihre Tochter außerhalb des kleinen Ortes und es dauerte tatsächlich nicht allzu lange, bis man Rebeccas Stimme vernehmen konnte.

»Ich höre Becci«, schrie Susanne voller Erleichterung.

»Ja, stimmt. Es kommt von da drüben«, entgegnete Stipe und zeigte in Richtung Friedhofseingang.

Hand in Hand rannten die beiden los.

Als sie die Begräbnisstätte erreicht hatten, wusste Susi nicht so Recht, was sie von diesem Anblick halten sollte und ob sie ihre Tochter schelten oder liebkosen wollte. Total durchnässt stand sie auf einem Mäuerchen und schaute gedankenverloren in den grauen Himmel über der Adria. Becci redete auf sie sanft ein und hielt die Kleine an den Beinen fest, da Alina auf der Friedhofbegrenzung neben ihr stand.

»Becci, was in Gottes Namen macht ihr denn hier draußen bei dem Regen?«, schalt Susi.

Stipe versuchte, sie etwas zu beruhigen.

»Tut mir leid, Susanne, aber was hätte ich den tun sollen? Sie ist plötzlich aufgestanden und raus gerannt«, stotterte McGregors Tochter, sichtlich eingeschüchtert.

»Raus gerannt? Warum?«, wollte Stipe wissen.

Becci schüttelte verwirrt den Kopf und breitete die Arme aus, zum Zeichen, dass sie es selbst nicht wusste und genauso erstaunt darüber sei, wie die Eltern der Kleinen.

Diese traten an das Mädchen heran und sprachen sanft auf sie ein. Stipe hob sie von der Mauer herunter, diesmal wehrte sie sich nicht.

»Ihr braucht nicht schimpfen«, sagte sie plötzlich geistesgegenwärtig.

»Süße, was wolltest du denn hier draußen«, fragte der Vater.

»Ich muss doch schauen, ob sie schon hier sind?«, sagte Alina mit einem Selbstverständnis, so als wundere sie sich über die Aufregung.

»Schatz, ob wer schon hier ist?«, fragte nun Susi.

Becci verfolgte die Szenerie mit verdutztem Gesichtsausdruck.

»Aber das wisst ihr doch. Ihr wart doch schon mal bei ihnen.«

Nun standen Stipe und Susi mit offenen Mündern da. Woher wusste sie das? Sie sprach eindeutig von den Schöpfern, daran bestand kein Zweifel. Doch woher hatte sie Kenntnis darüber? Die beiden hatten dieses Thema nie vor ihrer Tochter erwähnt.

»Bei wem wart ihr schon mal? Wen meint sie denn?«, fragte Becci sichtlich irritiert.

»Das ist eine längere Geschichte, aber kommt erst mal mit. Ihr braucht trockene Klamotten, ihr seid ja klitschnass.«

Während sie zurück zu den Fremdenzimmern eilten, wandte sich Stipe leise seiner Frau .

»Verstehst du das?«, fragte er verdutzt.

»Ich verstehe absolut gar nichts mehr,« entgegnete Susi, »Ich geh mit den Beiden hoch ins Zimmer, die holen sich ja noch den Tod. Sobald sie sich aufgewärmt haben, kommen wir nach. Geh du zurück zu Pierre und Ian. Sag ihnen bescheid.«

Stipe nickte zustimmend.

»Ist gut. Ich schau mal, ob ich ein paar Teebeutel auftreiben kann. Glaube, wir könnte jetzt alle etwas Warmes vertragen.«

Etwa eine halbe Stunde später trafen sie sich, wie ausgemacht, in Ivos Haus.

Stipe hatte Tee vorbereitet und reichte jedem eine Tasse.

Rebecca meldete sich als Erste zu Wort.

»Kann es sein, dass ich etwas verpasst habe? Es scheint mir, als wüsstet ihr alle etwas, von dem ich nicht die leiseste Ahnung hab.«

Ihr Vater setzte sich neben sie an den Küchentisch und räusperte sich. Wie fasste man in ein paar Sätzen etwas zusammen, das sogar denjenigen, die vor circa zehn Jahren an den Geschehnissen beteiligt waren, so unglaublich vorkam, das sie manchmal am eigenen Erinnerungsvermögen zweifelten?

Doch bevor McGregor sich die richtigen Worte zurechtlegen konnte, kam ihm Pierre zuvor und somit zur Hilfe. Da Susanne kurz mit ihrer Tochter zur Toilette gegangen war, hatte man nicht zu befürchten, Alina könnte etwas aufschnappen und in der bevorstehenden Fragerunde durch das Gehörte beeinflusst zu werden.

»Rebecca, wie du weißt, hat es uns alle vor Jahren hierher nach Kroatien verschlagen.«

Sie nickte bestätigend.

»Was du nicht weißt, ist, dass wir uns nicht zufällig hier in dieser verlassenen Gegend getroffen haben.«

»Sondern?«, fragte sie sichtlich erstaunt.

»Ich denke, am besten ist, ich sage es dir so direkt wie irgend möglich. Darin hab ich ja schon Übung, wovon Franz Schuhmacher und Susanne ja ein Lied singen können, und genau so, wie ich es ihnen gesagt habe, sage ich es jetzt auch dir. Was du gleich zu hören bekommst, wirst du erst mal nicht für möglich halten.«

»Na, das überlass mal mir, was ich für möglich halte und was nicht«, meinte sie etwas gereizt.

»In Ordnung. Dann sage mir mal, ob du es für möglich hältst, dass ich nicht aus dieser Welt bin?«, wollte er wissen und grinste Becci dabei an.

»Wie, nicht aus dieser Welt? Aus welcher denn sonst, bitteschön?«

»Aus einer ganz ähnlichen und doch auch ganz anderen. Ich stamme aus einer Parallelwelt«, haute er ganz direkt raus.

»Na klar doch«, platzte es aus Becci hervor.

In diesem Augenblick kamen Susi und Alina wieder zurück in den Raum und Pierre unterbrach seine Erklärungen.

»Wenn du möchtest, können wir später noch einmal darauf zurückkommen«, bot er Rebecca noch an.

»Na, auf jeden Fall. Da bin ich ja mal gespannt.«

Susi setzte sich zu den anderen an den Tisch und nahm Alina auf ihren Schoß. Die Kleine war plötzlich wieder wie ausgewechselt und anschmiegsam. Sie lehnte ihren Kopf an Susis Brust und schaute verträumt die Erwachsenen an.

»Schätzchen, bist du müde?«, fragte Stipe.

Das Mädchen drückte ihren Teddy fest an sich und nickte nur.

»Mami bringt dich gleich ins Bett, aber vorher möchten wir dich nur kurz etwas fragen. In Ordnung?«

Die Kleine setzte sich aufrecht hin.

»Wollt ihr wissen, wann sie kommen?«

Die Anwesenden schauten sich nacheinander verwundert an.

»Wann, wer kommt?«, fragte McGregor.

»Die anderen. Die alles gemacht haben«, entgegnete sie auf kindliche Art und Weise.

»Die was gemacht haben, Schätzchen?«, fragte nun Stipe.

»Papi, das weißt du doch. Du und Mami, ihr wart doch schon bei ihnen«, antwortete sie, so als müsste jedem doch klar sein, wovon sie sprach.

Jetzt, nach dieser Aussage, war es auch allen klar, bis auf Becci, die absolut keine Ahnung hatte, wie sie dem ganzen hier noch folgen sollte.

»Aber, woher weißt du, dass Mami und ich bei denen waren? Das haben wir dir doch nie erzählt.«

»Stimmt. Aber sie haben es mir erzählt«, sagte Alina gelassen.

Susi spürte die Gänsehaut am ganzen Körper. Stipe schaute seine Frau mit großen Augen an. McGregor hob die Augenbrauen. Nur Pierre schien es einigermaßen gefasst aufzunehmen.

»Wann hast du denn mit ihnen gesprochen?«, fragte Stipe nach.

»Immer, wenn ich will.«

»Aber wir haben nie jemanden von denen bei dir gesehen«, hakte ihr Vater nach.

»Natürlich nicht. Ich höre sie ja nur in meinem Kopf.«

Susi hielt sich den Mund zu, um nicht zu schreien. Was sollten sie davon halten? Trotz der ärztlichen Gutachten jagte Alina ihr mit den Behauptungen einen gewaltigen Schreck ein und sie zweifelte nun tatsächlich das erste mal an der geistigen Gesundheit ihrer kleinen Tochter. Ihre Augen wurde wässrig.

*

Shane und Maggie wischten sich die Münder mit Papierservietten ab. Auf dem Tisch lagen Pappkartons der soeben verspeisten Pizzen.

»Ich hätte die da hungern lassen«, meinte Shanes Bekannter herablassend und zeigte auf Maggie.

»Sie soll bei Kräften sein, wenn sie Pierre begegnet«, antwortete Shane.

»Wozu?«, fragte der Fremde.

»Das lass mal meine Sorge sein.«

»Wie du meinst, dennoch…«, murrte er, doch Shane unterbrach ihn barsch: »Genug jetzt. Ich entscheide, was richtig oder falsch ist und glaube nicht, du hättest den Überblick über das Gesamte. Also tu einfach nur, was ich dir sage und sei still.«

Maggie war durchaus überrascht, dass der junge O´Sullivan keine Kritik zuließ.

»Jetzt bring den Laptop her und zeige mir, was du über die Sekte in Erfahrung gebracht hast.«

Der Untergebene folgte diesmal kleinlaut der Aufforderung. Maggie spitzte die Ohren. Welche Sekte meinte Shane denn? Warum interessierte er sich überhaupt für eine kleine religiöse Gruppierung außerhalb der eigenen Dimension? Aber da er sich nun mal informierte, musste es bedeutsam sein.

Der Fremde tippte auf der Tastatur herum und klickte verschiedene Seiten durch. Maggie hatte keinen direkten Blick auf den Monitor und ärgerte sich darüber. Nur zu gern hätte sie auch einen Blick auf das dargebotene geworfen.

Shane fuhr sich nachdenklich mit dem Zeigefinger über den Mund. Irgendwann unterbrach er die Stille.

»In Ordnung. Kontaktiere diesen Wolfgang aus Wien. Sage ihm, dass die Neuen eingetroffen sind und ihm morgen einen Besuch abstatten werden. Besorge uns zwei Flugtickets nach Österreich. Wenn möglich, noch für heute Abend.«

Shanes Unterstützer warf Maggie einen missbilligenden Blick zu und verschwand dann, um die Befehle umzusetzen. Sobald er die Tür hinter sich ins Schloss geknallt hatte, platzte es aus Maggie heraus: »Was denn für eine Sekte? Und wohin fliegen wir?«

Shane lächelte.

»Pierre hat eine kleine Gemeinde um sich geschart, besser gesagt, um ein kleines Mädchen.«

Maggie weitete die Augen.

»Pierre? Wozu?«, fragte sie neugierig.

»Dein Mann hat seit seiner Ankunft in dieser Welt einige wichtige Kontakte geschlossen, unter anderem mit einem inzwischen verstorbenen alten

Mann. Das besondere an dem Alten war, dass sich ihm die Schöpfer schon in seiner Kindheit gezeigt hatten. Wir vermuten, dass auch Pierre deren Bekanntschaft in der Zwischenzeit machen durfte. Wie dem auch sei, auf jeden Fall hat er schon Tage nach dem Treffen mit dem Alten ein paar Abtrünnige aus unserer Welt ausfindig machen können und ihnen wohl ein paar Geheimnisse anvertraut. Denn kurz darauf entstand die Gruppierung mit dem Namen *die Gläubigen des Schöpfermythos.*«

»Und welches Ziel verfolgt diese Gemeinde?«, wollte Maggie wissen.

»Eine gute Frage, Maggie. Die kurze und einfache Antwort ist: Sie schützen das Wunderkind!«, entgegnete Shane. Dabei musterte er ihre Reaktion darauf.

Maggie grübelte. Natürlich kannte sie die *Legende um das Wunderkind.* Es gab verschieden Varianten, so wie das oftmals der Fall ist bei uralten Überlieferungen. Eine davon, die wahrscheinlich am weitesten verbreitete, ließ die Leute glauben, in bestimmten Epochen würde eine Art Messias geboren, ein Retter, Weltverbesserer und Weltveränderer. Ganz so, wie es die Überzeugung im christlichen Glauben war, der Jesus von Nazareth als gottgleich oder sogar als Gott selbst anerkannte. Doch Maggie lebte in einer Welt, in der diese Religionen abgeschafft wurden. Sie konnte deshalb auch nicht mehr an irgendeine Form von höherer Macht glauben, nachdem was die O´Sullivans ihr angetan hatten. Sie selbst glaubte zwar auch nicht daran, dass die sogenannten Erleuchteten, gottgleich wären, so wie es den Untergebenen von klein auf beigebracht wurde, doch Macht hatten sie, eine unbeschreibliche sogar, wie sie selbst erleben musste. Man konnte es tatsächlich als Ironie des Schicksals betrachten, dass ausgerechnet sie als Religionslehrerin, diese Lügen mit verbreitet hatte und dabei ihren Glauben an irgendeine Form von Wundern und höheren Mächten verloren hatte. Dafür hatte sie teuer bezahlen müssen, erinnerte sie sich schmerzhaft.

»Und du bist der Meinung, dieses Kind existiere wirklich?«, fragte sie skeptisch.

»Ich glaube nicht. Ich weiß es«, entgegnete er selbstsicher.

»Dann tut mir das Kind jetzt schon leid«, meinte sie traurig.

»Du verstehst einiges noch absolut falsch. Weder möchte ich dem Kind, noch dir oder Pierre etwas antun«, versicherte er abermals.

»Wie könnte ich dir denn glauben? Alles, was ich herausgefunden habe, bestätigt mir nur, dass ihr, der Hohe Rat und ihr sogenannten Erleuchteten, diese Dim-Felder dazu benutzen wollt, um eure Macht auszubreiten. Ihr wollt auch in anderen Dimensionen eure Diktatur einsetzen, oder willst du mich etwa vom Gegenteil überzeugen?«, spottete sie.

»Korrekt ist, das der Hohe Rat dies möchte. Ja, seit Urzeiten alles dafür getan hat, um dieses Ziel umzusetzen und noch mehr, selbst die Schöpfer wollen sie bezwingen, um ein für alle Mal Ruhe zu haben und für alle Ewigkeit die Geschicke nach Belieben lenken zu können.«

»Warum also sollte ich glauben, dass du andere Ziele verfolgst?«, erkundigte sie sich voller Misstrauen.

»Wegen der Apokalypse, der Offenbarung des Johannes, wie du weißt. Dieser letzte Kampf zwischen Gut und Böse, zwischen den Schöpfern und den Erleuchteten, er muss nicht stattfinden. Ich bin der Meinung, dass ich mit Hilfe des Kindes, Kontakt zu den Schöpfern aufnehmen kann. Also ein direktes Treffen mit meinen Vorfahren, wenn du so willst. Eine Zusammenkunft mit denjenigen, die uns, also die O´Sullivans, zur Strafe aus *dem Himmel* geworfen haben. Du erinnerst dich weswegen? Der Ungehorsam, weil sie sich die Menschenfrauen genommen und sich in die Geschicke der Welt eingemischt hatten.«

»Und mit Himmel meinst du das Raumschiff, ja?«

»Ja.«

Maggie begann vorsichtig abzuwägen, ob Shane vielleicht nicht doch ein Stückchen Wahrheit erzählte.

Letztendlich durfte sie ihm nicht trauen. Aber Pierre, so hoffte sie, würde ihr bis ins kleinste Detail erzählen, was er hier erlebt hatte in dieser Welt. Erst nachdem sie ihn gesehen und gehört hatte, musste sie ihr Weltbild eventuell korrigieren.

»Aber warum habt ihr das Dim-Feld nicht so eingestellt, dass du direkt bei ihnen ankommst, wenn du sie doch so sehr treffen möchtest.«

»Erstens: Ich bin mir nicht sicher, ob sie mich wohlwollend aufnehmen würden. Zweitens: Wir können inzwischen zwar die Dim-Feld künstlich hervorrufen und Zeit und Zielort einstellen, aber nicht irgend einen beliebigen Zielort. Das heißt, wir haben über den ganzen Erdball gesehen, verschiedene Möglichkeiten, wo wir auftauchen können, aber eben nicht Wahlweise ein x-beliebigen Ort. Wir nehmen sozusagen eben den Durchgang, der so nahe wie möglich an dem Ort liegt, an dem wir etwas zu erledigen haben«, erklärte er geduldig.

Shane stand auf und gab ihr ein Zeichen, es ihm gleichzutun.

»Zieh dir eine Jacke an. Drüben am Kleiderständer ist eine in deiner Größe. Ich habe soeben bescheid bekommen, dass wir noch heute Abend fliegen werden. Dimitri holt uns gleich ab.«

Ach, so hieß er also, der Fremde, dachte Maggie. Noch an diesem Abend legten die drei einhundertzehn Kilometer zum Flughafen zurück und flogen von Düsseldorf aus nach Wien. Dimitri ließen sie zurück, was Maggie sehr begrüßte. Sie bezogen ein Ho-

telzimmer mit zwei getrennten Betten. Ideale Flucht-
gelegenheit, dachte Maggie des Nachts. Erneut aber
bremste sie sich selbst aus. Nur mit Shanes Hilfe
würde sie ihren Mann ausfindig machen. Dann würde
sie immer noch an Flucht denken können. Also legte
sie sich zu Bett und schlief sehr unruhig. Zu viele Gedanken kreisten in ihrem Kopf. Wer war dieser Wolfgang dem sie morgen begegnen würde? Ein Freund
Pierres? Oder ein Feind? Shane wog sich scheinbar in
Sicherheit, hörte sie ihn doch schon kurz nachdem sie
das Licht gelöscht hatten schnarchen.

*

Susanne legte ihre Handfläche an die Stirn ihrer
Tochter.

»Sie hat bestimmt Fieber und fantasiert sich etwas zusammen«, meinte die Mutter verzweifelt.

Alina schob Susannes Hand zur Seite.

»Mami, ich war noch nie krank.«

Das stimmte, wie Stipe und Susanne wussten.
Ihre Tochter hatte noch nicht einmal eine kleine Er-
kältung gehabt, geschweige denn etwas Drastischeres.

»Wir machen uns eben Sorgen um dich Liebes,
verstehst du?«, fragte Stipe mit sanfter Stimme.

»Ihr müsst euch aber keine Sorgen machen. Es
passiert doch alles so, wie es passieren soll.«

»Wie meinst du das, Alina?«, wollte nun Ian wissen.

»Sie haben doch Papi und Mami gesagt, dass ich kommen werde. Und ich sage ihnen, dass ich auch wieder gehen werde, so wie es sein muss.«

Nun schrie Susi doch leise auf. Was war nur in ihre Tochter gefahren? Wovon sprach sie denn da?

»Wohin musst du gehen, Alina?«, traute sich ihr Vater kaum zu fragen.

»In Onkel Pierres Welt. Aber das steht doch bestimmt in den Briefen, die ihr bekommen habt.«

Fassungslos schauten sich die Erwachsenen an. Man hatte der kleinen nichts von den Briefen gesagt, die in dem Lederband verdeckt auf dem Tisch lagen und doch hatte sie Recht. So einiges stand in den Briefen, wovon Ivo eigentlich nichts hätte wissen können. Doch da lagen sie vor ihnen, schwarz auf vergilbtem Papier.

»Schätzchen, das bildest du dir ein. Du musst nirgends hingehen«, widersprach Stipe mit einem unguten Gefühl.

»Das könnt ihr nicht verstehen, oder? Ich bin nicht wegen euch in diese Welt gekommen, auch wenn ich euch lieb hab«, sagte sie bestimmend und etwas zu erwachsen für ihr Alter.

»Leute, hört mir bitte kurz zu«, unterbrach Pierre, ahnend, dass sich das Gespräch sonst im Kreise drehen würde.

»Ich hoffe nur, du möchtest uns nun nicht irgendeinen Unsinn erzählen, der Alinas Behauptungen unterstützt«, ermahnte ihn Susanne.

»Susi, Stipe, ob es euch nun gefällt oder nicht. Wenn ihr euch nicht selbst eingesteht, dass eure Erinnerungen an die Begegnung, die ihr damals hattet, keine Trugbilder sind, sondern der Realität entsprechen, dann werdet ihr eure Tochter tatsächlich nicht verstehen«, erklärte er überraschend kühl.

»Pierre, was bitteschön willst du uns damit sagen?«, fragte Stipe gereizt nach.

»Sie ist das Wunderkind! Ich habe euch schon davon erzählt, doch ihr habt es mit einem höflichen Lächeln ignoriert. Ist schon eine ganze Weile her. Doch eure Reaktion darauf ließ mich zurückhaltender werden und ich hüllte mich die letzten Jahre in Schweigen. Ich wusste schließlich, dass der Moment kommen würde und ihr eure Augen vor der Wahrheit nicht mehr verschließen könnt. Hier also sind wir. Die Fakten sitzen mit euch am Tisch und liegen in Papierform vor euch«, meinte er energisch.

Bevor die Eltern erneut widersprechen konnten mischte sich nun Becci ein.

»So, aber jetzt möchte ich endlich wissen, was hier Sache ist und wovon ihr die ganze Zeit redet.«

Plötzlich schaute sie Alina mit großen strahlenden Augen an.

»Becci fürchtest du dich? Das musst du nicht, ich werde immer an deiner Seite sein.«

Alina überraschte die Anwesenden erneut.

»Süße, ich glaube Pierre und die anderen müssen mir erst etwas erklären, bevor ich mir Gedanken drüber machen kann, wann und wo du an meiner Seite sein wirst«; wischte Becci Alinas Aussage beiläufig zur Seite.

Als ihr Vater, Pierre, Susi und Stipe ausführlich, im Beisein Alinas erklärten, was sich vor Jahren zugetragen hatte, erwartete jeder einen Aufschrei oder Gelächter. Doch Rebecca kam ganz nach ihrem Vater, den weltoffenen Geschichtsprofessor, der niemals voreilig seine Schlüsse zog. Ihre Reaktion kam unerwartet und verblüffte alle.

»Alina, Süße, bevor die Großen hier weiterhin einen auf neunmalklug machen kürze ich das alles mal ab. Du hast gesagt, du würdest Ausschau halten, ob die anderen, wie du sagst, schon angekommen seien. Wenn du möchtest, dass ich dir glaube, dann bring mich zu ihnen, sollten sie tatsächlich erscheinen, solange wir noch hier in Kroatien sind. Okay?«

Das war auf den Punkt gebracht. Keine Spekulationen mehr, dachte sich Ians Tochter. Sie hielt es zwar für unwahrscheinlich, ein übernatürliches oder außerirdisches Erlebnis zu erfahren, doch auf diese Debatte hatte sie nun einfach keine Lust mehr.

»Klar bringe ich dich zu ihnen. Das wünschen die ja auch«, antwortete die Kleine knapp.

Rebecca runzelte die Stirn, wollte aber nichts mehr erwidern und verabschiedete sich. Sie hatte genug gehört und war todmüde. Sollten zufälligerweise in dieser Nacht irgendwelche Aliens auftauchen, dürfe man sie gerne wecken, meinte sie, bevor sie zu Bett ging.

*

Irgendwann war Maggie wohl doch noch in den Tiefschlaf gefallen. Sie wurde von Shanes Gurgeln geweckt, als er sich die Zähne putzte und seinen Mund ausspülte. Sie rieb sich die verschlafenen Augen und ordnete ihre Gedanken.

»Machst du dich bitte fertig. Wir gehen in wenigen Minuten zum Frühstücken, dort treffen wir auf Wolfgang.«

Aha, dachte Maggie. Jetzt schon? Besser früher als später. Es kribbelte in ihrer Magengegend, wenn sie daran dachte, dass sie ihrem Mann ein Stück näher kam. Zumindest machte es den Anschein. Über Nacht musste ihr Unterbewusstsein wohl einiges verarbeitet haben. Sie erwischte sich dabei, dass sie komischerweise Shanes gestrigen Ausführungen nicht mehr gänzlich misstraute. Sie beeilte sich. Stieg doch die Anspannung fast ins unermessliche. Sie wollte so schnell wie möglich diesen Wolfgang treffen und eventuell etwas über ihren Mann erfahren.

Kurze Zeit später gesellte sich ein hochgewachsener, schlanker Mann zu ihnen.

Höflich begrüßte er zuerst Maggie mit einem Handkuss und wandte sich dann an Shane. Dieser bot ihm einen Stuhl an.

»Ich freue mich, endlich Ihre Bekanntschaft machen zu dürfen«, sagte dieser grauhaarige Unbekannte.

Maggie war erstaunt. Hatte sie das richtig verstanden? Shane war Wolfgang vorher noch nie begegnet?

»Die Freude ist ganz meinerseits. Greifen Sie zu, essen Sie doch einen Happen mit uns«, entgegnete Shane genauso höflich und bot ihm ein Brötchen an, indem er ihm das dazugehörige Körbchen hinhielt.

Wolfgang lehnte ab, er habe schon gefrühstückt und würde lieber gleich zur Sache kommen.

»Das ist ganz in meinem Sinne. Auch ich möchte die Dinge so schnell wie möglich vorantreiben«, sprach nun Shane. »Wenn ich also richtig informiert bin, dann findet die Begegnung in Kroatien statt, ja?«

»Das ist korrekt und ich möchte Ihnen hier und jetzt noch mal unseren ausdrücklichen Dank aussprechen. Ohne Ihre großzügigen Spenden hätten wir niemals die nötigen Ressourcen gehabt, um das Kind all die Jahre zu beobachten und zu schützen. Wenn Sie soweit sind, können wir uns auf den Weg machen.

Wir fliegen mit meinem Privatjet auf die Insel Krk und lassen uns danach zum Zielort auf die Insel Cres bringen. Dort treffen wir auf die anderen.«

Wer waren die anderen?, fragte sich Maggie. Sie wollte sich nicht mehr zurückhalten und fragte ganz direkt: »Ist Pierre auch anwesend?«

Wolfgang hob, erstaunt über die Frage, die Augenbrauen und nickte bestätigend.

»Selbstverständlich ist er da, Mademoiselle«, entgegnete er, »wo das Kind ist, ist auch Pierre. Wie immer. Zumindest ist er nie weit weg.«

Er lächelte zufrieden und Maggie biss sich auf die Unterlippe, um nicht vor Freude zu schreien.

*

Susanne hatte den Koffer auf das Bett gelegt und war dabei, die Rückreise vorzubereiten. Stipe wollte die anderen abholen, damit man zusammen hinunter in die Konoba ginge, als Alina vor Freude zu jauchzen begann.

»Schnell, schnell, wir müssen Becci holen.«

Die Eltern verstanden erst nicht, weshalb ihre Tochter so aufgeregt war, doch diese war kaum zu halten und in Susi kam erneut Panik auf. Sie wollte diesen Ort nur noch so schnell wie möglich hinter sich lassen. Alina verhielt sich zwar noch nie wie andere Kinder, doch seit ihrer Ankunft hier, verschlimmerte sich ihr Benehmen noch um einiges, wie sie fand.

»Alina, jetzt beruhige dich doch mal bitte. Was ist denn nur in dich gefahren?«

»Sie sind da, sie sind endlich da. Schnell Mami, wir müssen Becci holen.«

Stipe erzürnte.

»Schluss jetzt mit diesem Drama. Alina, du fährst jetzt endlich mal einen Gang runter und dann gehen wir in aller Ruhe etwas frühstücken.«

Die Tochter ignorierte ihn und stellte sich schweigend vor die verschlossene Wohnungstür, mit dem Rücken den Eltern zugewandt.

Schließlich trafen sich alle in dem urigen Keller, nur Pierre fehlte.

»Ian, hast du unseren Weltenbummler gesehen?«, fragte Stipe ironisch, noch etwas angesäuert von Alinas hyperaktivem Verhalten.

»Nur kurz auf dem Hausgang«, erwiderte McGregor, »er meinte, er hätte was zu erledigen und komme später nach.«

»Was zu erledigen? Hier?«, wunderte sich Stipe.

Einige Kilometer entfernt stand Pierre an der Anlegestelle in Merag. Das hellblaue Boot wippte leicht hin und her, als die ersten Personen hinabstiegen und ihm zuwinkten. Wolfgang ging lächelnd voran. Pierre schaute in bekannte Gesichter, doch dann sichtete er einen jungen Mann, den er nicht sofort zuordnen konnte. Er kramte in seinen Erinnerungen, doch es half alles nichts, er kam nicht drauf. Seltsam bekannt kam er ihm vor und doch fremd. Wolfgang würde ihm schon noch erklären, wer jener Mann sei.

»Pierre!«

Plötzlich durchfuhr es ihn, als hätte ihn ein Blitzschlag getroffen. Diese Stimme. Das konnte nicht sein. Ihm wurde heiß und kalt zugleich. Eine Frau rief seinen Namen. Der Klang hallte überdeutlich in seinen Ohren und rief schmerzhafte Erinnerungen in ihm hervor. Nein, das musste ein Irrtum sein. Und doch klang es nach Maggie, seiner Maggie. Er griff sich an die Stirn, so als könne er diesen Gedanken wegmassieren. Aber dann stand sie vor ihm, sprang ihm entgegen und fiel ihm um den Hals. Ihm wurde schwindelig und sein Magen verkrampfte. Bevor er sich ein letztes Mal selbst belügen konnte und sich einreden wollte, dass er halluziniere, umfasste sie mit beiden Händen sein Gesicht und küsste ihn. Sie konnte gar nicht mehr aufhören damit. Tränen schossen aus ihren Augen und die Küsse schmeckten salzig. Doch dann war die Einsicht da. Er hielt seine Frau in den Armen. Er küsste seine Maggie. Sie war am Leben. Und sie lag in seinen Armen.

»Maggie, ich verstehe nicht«, stotterte Pierre.

»Ich weiß, du meine Güte, ich weiß. Und ich dachte Jahre lang, du wärest nicht mehr am Leben«, schluchzte sie.

»Es ist ja schön, zu sehen, dass ihr euch nun wiedergefunden habt, aber wir müssen los. Die Zeit drängt«, unterbrach sie Shane.

»Wer ist das?«, fragte Pierre.

»Ich glaube, ich sage dir das unterwegs, nicht dass du sofort überreagierst.

»Inwiefern sollte ich denn überreagieren?«, wunderte sich Pierre.

Drei geparkte Wagen standen bereit und die Gläubigen des Schöpfermythos machten sich auf den Weg. Die Fahrzeuge schlängelten die Serpentinen hinauf und machten erst in Lubenice halt. Unterwegs fasste Maggie zusammen, was sich die letzten Jahre zugetragen hatte. Sie erzählte von ihrer Flucht aus der Stadt und dem Leben im Untergrund. Und sie schilderte ihrem Mann auch, dass Shane nun der Oberste im Hohen Rat sei und behaupte, einen Richtungswechsel einleiten zu wollen. Da Shane sich in einem anderen Wagen befand, musste Pierre seinen Zorn unterdrücken, aber später würde er ihm sicher noch an die Gurgel gehen. Er konnte Shane noch nicht vertrauen. Sein ganzer Hass auf das vorherrschende System und die Drahtzieher in seiner Welt wollte an die Oberfläche drängen. Doch Maggie beruhigte ihn kurzzeitig.

»Warte Pierre. Ich kann deine Wut nachvollziehen und teile sie mit dir, aber bedenke bitte, wenn er mir auch nur einen Hauch von Wahrheit erzählt hat, dann ist das eine einmalige Chance auf Veränderung. Wir dürfen jetzt nicht unüberlegt handeln.«

Der ehemalige Wächter schwieg für einen Moment. Seine Frau hatte wohl recht. Aber wie konnte er sicher sein, dass Shane nur Gutes im Schilde führte?

»Hat er dir eigentlich erzählt, was er jetzt in Lubenice möchte?«

»Ja, hat er. Scheinbar möchte er mit Hilfe eines Wunderkindes, mit den sogenannten Schöpfern in Kontakt treten. Ehrlich gesagt bin ich aber überaus skeptisch, was das alles angeht. Was hältst du von diesen Mythen und Legenden?«, wollte sie wissen.

»Ich bin ihnen begegnet, es ist die Wahrheit. Sie haben die heutige Menschheit erschaffen, daran besteht kein Zweifel. Du würdest es verstehen, wenn du ihnen von Angesicht zu Angesicht gegenüberstehen würdest.«

Maggie war irritiert. An der Art, wie ihr Mann das alles behauptete, erkannte sie, dass er tatsächlich davon überzeugt war.

»Und was ist mit diesem sogenannten Wunderkind?«

»Du wirst ihr gleich begegnen. Ein kleines Mädchen eben, wie viele andere auch, würde man denken.

Doch, wenn du sie sprechen hörst, wenn du ihr Benehmen beobachtest, wird dir klar, dass sie etwas ganz Besonderes ist.«

Die Autos parkten vor dem Friedhof. Insgesamt zwölf Personen wollten sich auf den Weg zu dem Mädchen machen, doch das mussten sie gar nicht. Man sah sie schon von weitem. Sie zog eine junge Frau an der Hand, so gut sie konnte hinter sich her. Unschwer zu erkennen, dass sie es eilig hatte. Als sie nur noch wenige Schritte entfernt waren, hörte man ihre Eltern rufen. Sie rannten in ihre Richtung.

»Bleibt stehen. Becci, Alina. Bleibt sofort stehen«, schrie Stipe.

Das Mädchen blieb stehen, doch machte es nicht den Anschein, als wäre sie der Aufforderung ihrer Eltern gefolgt. Sie stellte sich breitbeinig direkt vor Shane, den Teddybären hielt sie baumelnd an seinem Stoffärmchen. Maggie beobachtete konzentriert das Geschehen. Alle anderen Gläubigen formten einen Halbkreis, wie einen Schutzwall, um das Wunderkind und den Regenten einer Parallelwelt.

Rebecca McGregor hatte eigentlich vor, mit der Kleinen zu schimpfen, weil sie sich abermals aus dem Staub machen wollte und sie wäre wieder einmal die Leidtragende gewesen, da man sie dafür verantwortlich gemacht hätte. Der Job als Babysitterin war eine anstrengende Sache, zumindest, wenn man auf so ein sonderbares Mädchen wie Alina acht geben sollte. Doch bevor sie mit ihrer Kritik loslegen konnte, blieb ihr für einen Moment fast die Spucke weg. Verdammt, was war das für ein gutaussehender Kerl, den die Kleine anvisierte. Natürlich begegnete sie ab und an mal Typen, die kurz ihre Aufmerksamkeit erregten, doch meistens verlor sie schnell das Interesse. Irgendwie waren sie ihr doch alle zu langweilig, aber der da, der machte Eindruck, auch wenn sie sich nicht genau erklären konnte, was ihn so besonders machte. Aber wenn selbst die kleine Alina vor ihm Stopp machte? Die Kleine, die sonst öfter mal eher abweisend reagierte, schien deutlich gefallen an dem jungen Mann zu finden, wie man überdeutlich an ihrem strahlenden Gesicht erkennen konnte. Was war nur der Auslöser dafür? So schaute sie nicht einmal ihren Vater an, wenn sie sich ausnahmsweise mal an ihn ankuschelte. Und nun streckte er ihr auch noch seine Hand entgegen, kniete sich vor sie hin.

»Wollen wir?«, fragte er mit so einer sanftmütigen Stimme, dass Becci weiche Knie bekam.

»Ja. Aber vorher muss ich noch mit Mami und Papi reden.«

Die beiden knieten sich ebenfalls keuchend vor ihre Tochter. Sie waren noch ganz außer Atem von dem Spurt, den sie hinlegen mussten, um ihre Ausreißerin wieder einzufangen.

»Alina, das sollte nicht zur Angewohnheit werden. Komm jetzt. Die Koffer sind schon gepackt. Wir müssen abreisen.«

Alina schaute liebevoll zuerst ihrer Mutter in die Augen, dann dreht sie sich zu ihrem Vater.

»Mami, Papi, ich werde abreisen, aber nicht mit euch.«

»Schluss jetzt, das geht eindeutig zu weit«, schrie Stipe.

Doch dann geschah es. Alina legte sachte ihr linkes Händchen in Susis Hand, den Teddy ließ sie zu Boden fallen. Sie ergriff mit ihrer Rechten die Hand des Vaters und im selben Moment hörte der Wind auf zu wehen. Möglicherweise war dies nur Zufall, doch sicher waren sich Susi und Stipe nicht mehr. Durch die Berührung kamen Erinnerungen in ihnen auf. Vor ihrem geistigen Auge erkannten sie die Außerirdischen wieder. Das Gefühl von damals, als sie ihnen in der Blauen Grotte gegenüberstanden, breitete sich aus und sie fühlten nur noch Liebe und Frieden. Wie konnte das alles nur möglich sein? Aber so war es nun einmal. Die ganzen Zweifel waren wie weggefegt.

»Macht euch bitte keine Sorgen um mich. Das alles wurde schon vor sehr langer Zeit geplant. Ihr müsst mir nur eines Versprechen«, verlangte das kleine Mädchen.

»Was denn mein Schätzchen?«, hauchte Susanne leise.

Alina ließ die Hand ihrer Mutter los und legte die ihre an Susis Bauch.

»Passt mir bitte gut auf mein Brüderchen auf. Wenn ich zurückkomme, wird er schon so groß sein wie ich.«

Susi schloss ihre Augen, um nicht zu weinen. Stipe wollte etwas erwidern, doch verschlug es ihm die Sprache. Damals, vor etwa zehn Jahren, zeigten ihnen die Schöpfer, was sie zu erwarten hatten. Ein gemeinsames Kind. Und es bewahrheitete sich. Und nun kündigte ihnen ihre Tochter ein weiteres Kind an. So unglaublich das alles auch erschien, so echt fühlte es sich an. Die Gewissheit, dass alles gut sei, machte sich breit. Der Verstand versuchte, sich protestierend bemerkbar zu machen, aber eine zweite, lautere, innere Stimme überzeugte die Eltern von der Richtigkeit des Geschehens. Susi küsste ihre Tochter. Stipe drückte sie nochmals an sich und gab ihr einen Kuss auf die Stirn.

»Bereit?«, fragte Shane, der sich zurückgehalten hatte.

»Wenn Becci bereit ist?«, erwiderte die Kleine.

»Wie bitte? Wozu soll ich bereit sein?«, entglitt es ihr erschrocken.

Pierre trat heran, neben ihm Maggie.

»Alina, wir kommen mit. Lass Rebecca bitte da raus. Sie weiß doch viel zu wenig darüber.«

Alina blieb standhaft und nahm nun Beccis Hand, wie sie es zuvor mit ihrer Mutter getan hatte.

»Oh mein Gott, was war das?«, schreckte McGregors Tochter zurück.

Die anderen schauten sie neugierig an.

»Das warst du. Dort, in der anderen Welt.«

Becci zitterte. Nur kurz sah sie Sequenzen wie aus einem anderen Leben. Ihrem Leben. Das spürte sie so deutlich, wie sie die Erde unter den Füssen spürte. Aber wie war das möglich?

»Kommst du?«, fragte sie nun der gutaussehende Typ.

Verdammt. Sie konnte doch nicht einfach mit dem da losziehen, wohin auch immer. Aber da war die Kleine Alina. Sie kannte Stipe und Susi schon so lange. Und nie würden sie es zulassen, ihre einzige Tochter mit einem Fremden gehen zu lassen. Aber sie hatten sich nun entschieden, entgegen jeder Logik. Und wenn sie diesem Typen ihr Allerheiligstes anvertrauten, konnte sie dann nicht auch vertrauen? Was letztendlich ausschlaggebend war, dass sie sich tatsächlich dafür entschied, auf Alina aufzupassen, während dieser ungewissen Reise, konnte sie sich selbst nicht erklären. Doch nun verabschiedete auch sie sich von ihren Eltern.

»Willst du wirklich zurück? Trotz allem kannst du nicht sicher sein, dass uns dort nicht die Hölle erwartet«, wollte Maggie von Pierre wissen.

»Nein, da hast du Recht. Aber ich vertraue«, entgegnete Pierre.

»Du vertraust Shane?«, wunderte sich Maggie.

»Nein, nicht ihm. Ich vertraue dem Mädchen.«

Damit war alles gesagt. Maggie wusste, sie würde ihn nicht umstimmen können. Aber wenn er der Kleinen zutraute, tatsächlich so eine gewichtige Rolle zu spielen, dann würde sie sich auf sein Urteil verlassen. Für sie zählte sowieso nur noch eins: Sie würde von nun an, nur noch an der Seite ihres Mannes bleiben. Als Anführerin im Untergrund hatte sie die Verantwortung für sehr viele. Nun schien eine Last von ihr abzufallen. Von nun an würde sie sich von ihrem Pierre führen lassen.

Zu fünft liefen sie los und winkten zum Abschied. Die Begleiter, die Gläubigen des Schöpfermythos, hatten ihre Arbeit getan und verließen den Schauplatz guten Gewissens genau so schnell, wie sie ihn erreicht hatten. Die McGregors und Alinas Eltern hielten sich in den Armen.

Vorsichtig kletterten Alina und ihre Unterstützer den steilen Abhang hinunter zur blauen Adria. Ivos altes Boot lag noch vor Anker. Pierre betätigte den Motor und sie tuckerten zur nahegelegenen Blauen Grotte.

»Kannst du schwimmen?«, fragte Shane das Mädchen.

Diese lachte und ließ sich ins Wasser plumpsen. Ohne zu zögern, sprangen die anderen hinterher und kurz danach befanden sie sich in der Felsenhöhle.

Maggie und Rebecca schauten sich fragend an. Worauf warteten sie hier? Doch die Frage war kaum zu Ende gedacht, als das Wasser zu sprudeln begann.

Ein Wirbel erfasste die Gruppe und tauchte sie unter. Alles geschah so unfassbar schnell, dass keine Zeit für Panikreaktionen geblieben war. Plötzlich beruhigte sich alles. Wie aus dem Nichts drangen wohltuende, fast schon hypnotische Klänge an ihre Ohren. Das Wasser beruhigte sich und sie fanden sich in einem kreisrunden Becken wieder. Der Boden ringsherum bestand aus Marmor und Granit. An den steinernen Wänden glänzten hieroglyphenartige Symbole, als wären sie aus purem Gold. Es roch nach Zimt und Vanille.

»Wo sind wir hier?«, fragte Maggie.

»Dasselbe würde ich auch gerne wissen«, fügte Becci hinzu.

Pierre lächelte nur.

»Wir sind bei ihnen. Sie kommen gleich«, meinte Alina voller Vorfreude.

Die beiden Frauen konnten ihr Unbehagen nicht verbergen, was Shane nicht entgangen war.

»Bleibt ganz entspannt. Euch wird nichts geschehen«, versuchte er, die Frauen zu beruhigen, ohne zu wissen was ihn selbst erwarten würde.

»Da schaut«, sprach Pierre und deutete auf eine Stelle vor ihnen. Die Felswand teilte sich und gab den Blick frei auf einen nicht enden wollenden, hell erleuchteten Korridor. Aus der Ferne sah man drei Wesen näher kommen. Je näher sie kamen, desto deutlicher wurde ihr menschliches Aussehen. Und dennoch unterschieden sie sich von den Anwesenden.

Als sie nur noch mit einigem Abstand vor ihnen standen, fielen den Frauen sofort die weißen Haare auf. Weiß wie Schnee,und die Augen so blau wie der schönste Kristall. Der Mittlere hob die Hand zum Zeichen, das die Gruppe näher kommen solle. Sie waren hochgewachsen, überragten Pierre und Shane um einen ganzen Kopf.

Alina war nicht zu halten. Das Mädchen sprang ihnen entgegen und schmiss sich dem Größten in die Arme.

»Wer erweist uns denn hier die Ehre?«, fragte eines der Wesen, indem er sich an Shane wandte.

Bevor dieser etwas erwidern konnte, stellte sich Alina schützend vor ihn.

»Tut ihm nichts, bitte. So lange schon herrscht Zwietracht. Ich bin gekommen, um zu verändern. Dazu brauche ich ihn. Wir brauchen ihn«, erklärte sie wie eine Erwachsene.

»Wir haben euch walten lassen. Über Jahrhunderte hinweg. Ja, über Jahrtausende sogar. Und schaut was ihr angerichtet habt. Die Menschen führen Kriege, weil ihr falsche Religionen in die Welt gesetzt habt. Glaubensrichtungen, die ihr, als sie nicht mehr nützlich waren, wieder verworfen und verboten habt. Ihr stellt euch euren Untertanen als gottgleiche Wesen dar«, warf ihm der Wortführer vor.

»Ich wurde so erzogen, wie sie es für zweckdienlich hielten, und ich widerspreche euch nicht. Doch gottgleich kann man meine Vorfahren durchaus ansehen, wenn man weiß, dass sie eure direkten Nachkommen sind.«

»Wie kommst du zu dieser Schlussfolgerung.?Wir wollten nie angebetet werden. Wir hatten nur einen wissenschaftlichen Auftrag zu erledigen. Die Besiedelung eines lebensfreundlichen Planeten mit uns ähnlichen Wesen, die biologisch perfekt dafür geschaffen wurden. Die Vertriebenen aber gaben sich damit nicht zufrieden und widersetzten sich vielen Befehlen. Als sie den Zorn auf sich zogen, weil sie Menschenfrauen aufsuchten, um sich zu vergnügen, war das Maß überschritten und es gab kein zurück mehr. Deine Vorfahren machten sich zu Göttern, um auf diesem fremden Planeten und in anderen Dimensionen, Parallelwelten zu diesem Planeten, zu herrschen und sich zu nehmen, was man haben wollte«, korrigierte ihn dieses faszinierende Wesen.

Kurzes Schweigen gab den Anwesenden Zeit zum Nachdenken. Nur diese wohltuenden Klänge waren zu vernehmen.

Shane ergriff wieder das Wort: »Ich weiß, was meine Vorfahren angerichtet haben und ich bin nicht gewillt, dieses System fortzuführen.«

»Woher kommt deine Einsicht?«, wollte eines der Wesen wissen.

»Alle Prophezeiungen haben sich erfüllt. Also schlussfolgere ich, dass es zum letzten Krieg zwischen euch und den meinen kommen muss, wenn sich nichts ändert. Ich aber habe den Thron bestiegen und habe mich lange auf die Begegnung mit euch vorbereitet. Nur gemeinsam können wir es zum Guten wenden.«

Alina trat an den Größten der Schöpferwesen heran.

»Fasst ihn an. So wie ihr es mit meinen Eltern getan habt. Spürt es. Fühlt, dass er die Wahrheit sagt«, forderte sie ihre Verbündeten auf.

Shane trat näher heran. Er hatte nichts zu verheimlichen. Sollten sie tatsächlich die Fähigkeit besitzen, durch eine Berührung in sein Innerstes zu sehen, so sollte es geschehen.

Die drei legten ihre Hände mit den langen Fingern auf seine Brust und Becci glaubte, an ihnen ein vorsichtiges Lächeln erkennen zu können.

»Wie gedenkst du also vorzugehen?«

»Ich muss hinüber in meine Welt. Das Mädchen muss mich begleiten«, gab er selbstsicher zu verstehen.

»Auch wenn wir deine Absichten erspüren, so können wir dies unmöglich zulassen. Viel zu riskant ist dein Vorhaben. Sollte ihr etwas zustoßen, wird es keine Veränderungen geben.«

Rebecca preschte vor, ohne genau zu wissen, was sie Antrieb. Sie folgte einfach einem inneren Impuls.

»Ich werde gut auf Alina acht geben.«

Nun war das Lächeln dieser Außerirdischen unverkennbar. Ein mitleidiges Lächeln.

»Wir alle werden sie beschützen«, fügte nun auch Pierre hinzu.

»Ich finde euren Enthusiasmus bemerkenswert, doch was wollt ihr gegen ein ganzes System, ausgerüstet mit einer zahlenmäßig weit überlegenen Soldateska, schon ausrichten?«, lehnte der scheinbare Anführer der Schöpferwesen den Vorschlag ab.

»Und wieso beschützt ihr sie nicht? Euch können sie sich doch nicht in den Weg stellen, oder etwa doch?«, fragte Maggie forsch.

»Seinesgleichen hat einen Mechanismus erschaffen«, er deutete auf Shane, »der es uns unmöglich macht, mit unseren Flugobjekten in ihre Dimension zu gelangen.

Wie auch immer sie herausgefunden haben, dass man die Dim-Felder für fremde Technologien verschließen kann. Das bedeutet, wenn wir in seine Dimension gelangen wollen, können wir das nur unbewaffnet und das würde einem Selbstmordkommando gleichkommen.«

»Eine Patt-Situation«, erklärte Shane.

»Und doch gibt es einen Weg«, sagte die kleine Alina.

Alle Augen waren auf das Mädchen gerichtet.

»Wir gehen hindurch. Niemand wird wissen, wer ich bin. Und wenn ich erst mal mit Shane in der Stadt bin, öffnen wir die Dim-Felder.«

»Wie soll das gehen? Eine Person alleine kann die Schutzvorrichtung nicht ausschalten«, fragte erneut der Anführer.

»Ihr wisst, was über mich geschrieben steht. Allein eine Berührung von mir erweicht die Herzen und lässt sie mögliche Zukunftsvarianten sehen. Dies ist mein Auftrag. Deswegen wurde ich in dieser Welt geboren, nicht in Shanes. Denn dort hätte man versucht, mich zu manipulieren und hätte mich weggesperrt. Hier aber konnte ich in Liebe aufwachsen und meiner inneren Stimme lauschen. Nur hier war es mir möglich, mit euch zu kommunizieren. Jetzt aber ist es an der Zeit zu erledigen, weshalb ich in die Welt gekommen bin.«

Becci rieb sich verwundert die Augen und Ohren. War das noch die kleine Alina, auf die sie so oft achtgegeben hatte? Woher diese Ausdrucksweise? Sie konnte kein normales Kind sein. Egal, was hier real oder Einbildung war.

»Du bist also bereit dazu?«, fragte nun der bisher schweigsame Dritte.

»Dies ist, warum ich bin. Wir sehen uns dort. sobald alles erledigt wurde. Ich erwarte euch«, meinte Alina liebevoll lächelnd.

Die drei Wesen wiesen sie an, zurück ins Becken zu steigen. Wortlos taten sie dies.

»So denn. Lasst uns die Welten verändern«, sprach Shane.

Kapitel 3

Warum hatte man das Mädchen in eine Einzelzelle gesperrt?, fragte sich Pepe. Das man den Butler streng bewachte, verwunderte niemanden, aber Loren wuchs im Untergrund auf, wurde nicht einmal in der Stadt geboren, hat niemandem Schaden zugefügt und dennoch behandelte man sie wie eine Schwerstkriminelle. Bald würde man sie in eines der Umerziehungslager bringen, mutmaßte der junge Kampfpilot. Was dort genau vor sich ging, wusste er nicht, denn der Zugang war ihm nicht gestattet. Aber selbstverständlich fiel ihm auf, dass die dort internierten Menschen nach ihrer Freilassung wie verwandelt erschienen. Zeitweise wandelten sie wie seelenlose Roboter umher, gerade noch imstande, irgendwelche simplen Arbeiten am Fließband zu verrichten. Meistens wurden sie zur Wiedereingliederung einfach in eine Lebensmittelfabrik geschickt, oder einer der Putzkolonnen zugewiesen, welche die Straßen, Gehwege und Plätze der Stadt vom Unrat säuberten.

Soweit er wusste, brachte man sie nach einigen Tagen zu irgendwelchen Nachuntersuchungen, bei denen man sie vor allem auf Linientreue überprüfte.

Das Gebäude, in dem Loren festgesetzt wurde, befand sich in dem selben militärischen Sperrgebiet, wie die Hangars mit den *Invisible Triangles III*. Das ganze Areal unterlag einer strengen Überwachung. Sobald die Scanner für die Gesichtserkennung anschlugen, und das taten sie im Ernstfall schon zwei Kilometer vor dem eigentlichen Schutzgebiet, wurde der Alarmzustand ausgelöst. Pepe, als Mitglied einer Spezialeinheit und frisch ausgebildetem Wächter, hatte natürlich uneingeschränkten Zugang und somit war es ihm möglich, ohne großes Aufsehen zu erregen, Loren zu besuchen und ihr heimlich etwas Genießbares zum Essen und zu trinken zu bringen. Dennoch hielt er seine Stippvisiten kurz. Nicht dass doch noch jemandem, irgendwelche Zweifel, seine Loyalität betreffend, aufkamen. Als er das erste Mal nach ihr schaute, noch am selben Abend ihrer Festnahme, schwieg sie nur und starrte zu Boden. Viel hatte sie ja nicht zu besichtigen in diesem kahlen, grauen Raum. Nur ein schmaler Spalt unterhalb der Zimmerdecke ließ etwas Tageslicht hineinströmen. Aber außer den vier notdürftig verputzten Wänden und ihrer Pritsche war da nichts. Noch nicht einmal eine Nasszelle. Zweimal täglich durfte sie ihre Notdurft verrichten, einmal früh am Morgen und das zweite Mal spät Abends. Am ersten Tag wurde sie von einer uniformierten, glatzköpfigen Frau zu den Toiletten begleitet. Loren hatte zuvor noch nie eine Frau gesehen, die keine Haare auf dem Kopf hatte. Der Anblick schüchterte sie noch mehr ein, als sie sowieso schon gewesen war. Gestern, an ihrem zweiten Tag in Gefangenschaft, holte sie ein dünner, alter Mann ab. Der redselige Kerl, mit seinem faltigen Gesicht, hatte eine beruhigende Wirkung auf Loren gehabt. Er strahlte ganz und gar keine Gefahr aus. Mit seiner zu großen Uniform sah er eher komisch aus. Das Mädchen wunderte sich, dass ein Wachmann so unordentlich herumlaufen durfte. Vielleicht lag es an seinem Alter? Sie konnte nur mutmaßen.

Aber vielleicht lag es eben auch an dieser so gar nicht militärischen Art ihres Kerkermeisters, dass sie sich Pepe gegenüber öffnete, als er ihr den zweiten Tag nacheinander frisches Brot, Wurst und Apfelsaft brachte. Waren vielleicht doch nicht alle Städter so grauenhaft, wie sie es sich vorgestellt hatte? Natürlich, es musste gute, nette Menschen hier geben, denn auch ihre Freunde waren schließlich einmal Bewohner dieser Metropolen.

Pepe ließ die Eisentür einen Spalt weit geöffnet, als er sich neben Loren auf die Pritsche setzte. Er bemerkte natürlich ihren Blick zum Ausgang, doch für so naiv hielt er sie nicht. Es musste ihr klar sein, dass sie von hier nicht fliehen konnte. Schließlich hatte sie die ganzen Absperrungen und bewaffneten Soldaten gesehen, als sie von den Bodentruppen hier abgeliefert wurde.

»Hier nimm, am besten du isst es gleich«, forderte er sie auf und drückte ihr die belegte Stulle in die Hand.

»Hast du die selbst gemacht?«, fragte Loren schmatzend, während sie das Sandwich hinunterschlang.

Pepe grinste nur. Trotz ihrer schmutzigen Hände und dem Dreck unter den Fingernägeln, dazu noch die zerzausten Haare, fand er sie wirklich süß. Sie war irgendwie anders, was natürlich kein Wunder war, da sie ja im Untergrund lebte und sich deshalb schon von den Mädchen, die er bisher kennengelernt hatte, unterschied.

»Sag mal, fandest du es nicht anstrengend, dich immer verstecken zu müssen? Tagein, tagaus in heruntergekommenen Tunnelsystemen zu hausen?«, fragte Pepe neugierig.

Loren schüttelte heftig ihren Kopf, die Backen vollgestopft mit dem letzten Bissen ihrer Mahlzeit.

»Nicht anstrengender, wie hier eingesperrt zu sein.«

Der junge Kampfpilot gab ein verständnisvolles Grummeln von sich.

Als das Mädchen den letzten Happen hinuntergeschluckt hatte, schaute sie ihm tief in die Augen.

»Und sag doch du mal, findest du es nicht anstrengend, immer nach der Pfeife von anderen Leuten tanzen zu müssen?«

Pepe hob die Augenbrauen und presste seine Brust hervor.

»Wie bitte? Wie darf ich das jetzt verstehen?«, fragte er verwundert.

»Ach nichts, vergiss es«, winkte sie ab.

»Nein, nein, sag ruhig. Wie meinst du das?«

»Damit ich mich in noch größere Schwierigkeiten bringe, als ich eh schon bin?«, hakte sie nach.

»Das Gespräch bleibt unter uns, versprochen.«

Doch was war sein Schwur denn wert? Ja, er war nett, tat zumindest so. Doch ganz plötzlich kamen wieder Zweifel in dem Mädchen auf. Vielleicht sollte er ja nur so freundlich tun? Möglicherweise war dies ein verstecktes Verhör. Schließlich war er es, der Calvin und sie festgesetzt hatte, wenn man es genau nahm.

»Ne, ne du, lass mal gut sein. Das ist mir nur so rausgerutscht«, machte sie einen Rückzieher.

Pepe schüttelte den Kopf. Loren unterschied sich vielleicht doch nicht so sehr von den anderen Mädchen. Aus ihnen wurde er schließlich auch nie schlau.

»Hast du etwa Angst vor mir?«, fragte er nach.

Loren zuckte nur mit den Schultern.

»Wie bitte? Gebe ich dir irgendeinen Anlass dazu?«, wunderte er sich.

»Hey, du trägst eine Uniform, Okay? Und ich sitze hier in einer Zelle. Das sagt doch schon einiges aus, oder etwa nicht?«, fauchte sie ihn etwas heftiger wie beabsichtigt an.

»Ist ja schon gut. Schon gut, hörst du? Mir gefällt das ja auch nicht, dass man dich hier in Einzelhaft schmoren lässt.«

»Warum sitze ich eigentlich schon den dritten Tag hier drinnen? Will man mich hier verrotten lassen oder kommt da noch was? Außer der Glatzköpfigen und dem Alten habe ich bisher nur dich zu Gesicht bekommen. Du weißt doch bestimmt, was ich zu erwarten habe. Klärst du mich vielleicht mal darüber auf?«, giftete sie den jungen Burschen an.

»Nein, ich hab keine Ahnung. Woher denn auch? Ich bin Pilot und kein Richter.«, log er.

Natürlich war es nur eine Frage der Zeit, bis man sie ins Umerziehungslager stecken würde. Alles andere wäre mehr als unüblich und eigenartig.

»Hmm«, grummelte Loren, »schon klar. Wieso wundert mich das nicht. Woher solltest du das auch wissen?«, spottete sie unmissverständlich.

Pepe grub sein Gesicht in die Handflächen und stöhnte laut auf.

»Ich würde dir ja gerne helfen, wenn ich könnte, aber ich kann es nicht. Tut mir Leid.«

»Ja, danke auch. Ich weiß dein Mitgefühl sehr zu schätzen.«

Der Hohn in ihrer Stimme war deutlich.

Gerne hätte er versucht, sie von seinem Mitgefühl zu überzeugen, doch dann ging alles ganz plötzlich.

Er hörte mehrere Trommelschläge gegen die Eisentüren der anderen Zellen, dann vernahm er seinen Namen und er zuckte zusammen.

»Pepe. Pepe verdammt noch mal. Beweg sofort deinen Arsch hierher.«

Das Geschrei drang dem jungen Kampfpiloten durch Mark und Bein. Das war Juanitos unverkennbare Stimme. Irgendwie klang der immer, als sei er heiser und nun schien er extremst wütend zu sein. Verdammt, warum suchte er ihn hier auf?

»Ich muss gehen. Tut mir Leid«, verabschiedete sich Pepe schleunigst.

Loren sah ihn hinausstürzen und die Tür ins Schloss knallen. Hatte sie ihn zu Unrecht verdächtigt? Was, wenn er Ärger bekommen würde?, fragte sie sich. Doch dann ermahnte sie sich selbst. Wer saß hier hoffnungslos hinter dicken Mauern? Was sorgte sie sich um den Kerl?

»Hier, Juanito. Hier bin ich. Was ist denn los?«, rief er seinem Kollegen entgegen, als er um die Ecke gebogen war und ihn am anderen Ende des Korridors zu Gesicht bekam.

»Was los ist? Verdammt Pepe, das wird ein Nachspiel haben. Thomas ist schon im Hangar. Warum hast du deinen Beeper nicht am Handgelenk?«, kritisierte er den jungen Burschen aufs Heftigste.

Verdammt, den hatte er vor lauter Aufregung tatsächlich in seiner Stube gelassen. Er war in Gedanken bei Loren gewesen und hatte deswegen das dämliche Rufgerät vergessen. Und nun gab es wohl einen dringenden Einsatz, sonst würde Juanito nicht so einen Aufstand machen. Während seiner Ausbildung ging es eher ruhig und gelassen zu, kaum hatte er die aber hinter sich, schien alles verrückt zu spielen. Erst die Jagd auf Calvin und die Abtrünnigen und nun musste schon wieder was im Busch sein. Was war denn in letzter Zeit nur los?

»Beweg sofort deinen Arsch rüber und schnapp´ dir dein Chamäleon. Thomas wird dich zerrupfen nach dem Einsatz, dass kann ich dir schon mal versprechen.«

Pepe biss sich auf die Zähne. Schweißperlen benetzten seine Stirn. Das war nicht gut. Er war noch Frischfleisch in der Gruppe, und wenn etwas nicht nach Plan laufen sollte, würde er es ausbaden müssen, doch es war ja sein eigenes Verschulden. Das konnte er keinem anderen in die Schuhe schieben. Er nahm die Beine in die Hände und rannte, so schnell er konnte.

*

Im Kommandostab der Sicherheitszentrale herrschte nahezu tumultartiger Aufruhr. Drohnen sendeten aktuelle Bilder auf die Großbildleinwand, auf die fast sämtliche Augen gerichtet waren. Ein Stimmengewirr durchströmte den Raum. Wildes Rumgetippsel auf Tastaturen und ein Umherrennen von Uniformierten, verwandelte die ansonsten so kontrollierte und disziplinierte Station in einen zirkusähnlichen Zustand.

Terry Gloster, der Ranghöchste in diesem Raum, brüllte voller Zornesröte in sein Headset.

»Thomas, verflucht noch mal. Warum seid ihr immer noch am Boden? Schwingt eure faulen Ärsche unverzüglich in die Luft.«

»Sir, sie laufen auf den Gleisen entlang«, erklärte ihm ein Untergebener und deutete auf die Live-Übertragung an der Wand.

»Meinst du, ich bin blind? Das sehe ich auch ohne deinen Hinweis. Geh lieber und bring mir sofort O´Sullivan her«, polterte der Sicherheitschef.

»Sir, jawohl, Sir«, stotterte der soeben Zusammengestauchte, »aber, wenn Sie mir die Frage erlauben Sir, welchen O´Sullivan?«

Terry schlug sich gegen die Stirn, sodass man es klatschen hörte.

»Bin ich denn nur von Idioten umringt? Na, Shanes Vater, welchen denn sonst?«, schnaubte er, als müsse jeder seine Gedankengänge nachvollziehen können.

Ein anderer Spezialist trat nervös an seinen Vorgesetzten heran.

»Was gibt´s?«, schrie Gloster, »wehe du hast keine brauchbaren Informationen für mich.«

»Sir, wir können jetzt zu einhundert Prozent bestätigen, dass das Dim-Feld nicht von unserer Seite aus geöffnet wurde.«

»Verdammte Scheiße aber auch. Das war zu vermuten. Shane, Shane, ich hoffe nur, du hast soweit alles abgesichert und setzt uns keiner Gefahr aus«, sprach Terry laut seine Gedanken aus.

»Thomas. Zum letzten Mal jetzt ... wenn ihr nicht innerhalb einer Minute eure Triangles in Gang gesetzt habt, dann reiß´ ich euch eigenhändig die Köpfe ab«, brüllte er nun erneut in sein Headset.

Keine zwanzig Sekunden später rief einer aus den hinteren Reihen: »Sir, die Erste hat abgehoben«, einen Augenblick später, »und die Zweite… und jetzt ist auch die Dritte oben.«

Das wurde auch allerhöchste Zeit, schimpfte der Sicherheitschef in Gedanken weiter.

»Sir, er ist eingetroffen.«, wandte sich einer der Wachmänner an den Vorgesetzten.

»Wer?«, fragte er, während er sich herumdrehte und sogleich Shanes Vater erblickte.

»Ach, ja, O´Sullivan«, beantwortete er sich seine Frage selbst.

Dieser eilte die Stufen hinunter, vorbei an den nervösen Spezialisten, die vor ihren kleineren Monitoren saßen.

Schon von weitem schrie er Gloster entgegen: »Zu früh. Viel zu früh. Wir hatten ihn doch erst nächste Woche zurückerwartet.«

»Das ist es ja, was uns auf Trab hält. Wir haben das Dim-Feld nicht geöffnet.«

»Hat er das Mädchen dabei?«, wollte O´Sullivan wissen.

»Ich vermute mal. Er ist in Begleitung von zwei Frauen, einem Mann und einem Kind unterwegs. Schau, sie laufen auf den Gleisen in Richtung Stadt.«

Terry Gloster deutete auf die Großbildleinwand, als hätte O´Sullivan nicht schon längst das Geschehen mitverfolgt.

»Wer sind diese Leute?«

»Wissen wir noch nicht. Die Drohnen sind aber in wenigen Augenblicken nah genug dran, um die Gesichtserkennung aktivieren zu können.«

»Und was ist mit den Chips? Die Signale empfangen wir doch auch aus weiterer Entfernung.«

Terry drehte sich zu dem Erleuchteten.

»Das ist das nächste Problem. Keiner von ihnen ist gechippt, zumindest nicht mehr.«

O´Sullivan schlug sich mit der Faust gegen den Schenkel, um seinen Unmut zu verdeutlichen.

*

»Juanito, du nimmst die Südseite. Ich bringe mich westlich des Dim-Feldes in Position und Pepe, du fliegst direkt zu Shane. Wehe du verbockst heute noch einmal etwas«, sprach Thomas seine Befehle verärgert in das Headset.

»Was ist mit der Ostseite?«, wollte Juanito wissen.

»Genügend Drohnen dort. Sollte, die was melden greifen wir ein.«

Kaum waren die Einsatzbereiche geklärt, befand sich auch jeder schon in Position.

Pepe zoomte die Personen näher heran. Auf seinem Bordcomputer erkannte er sofort den jungen Regenten, doch wer waren die anderen? Die kannte er nicht. Doch das hatte nichts zu bedeuten. Man konnte schließlich nicht jeden aus der Zwanzig-Millionen Metropole kennen. Ein Ding der Unmöglichkeit.

Einige Meter vor der Gruppe, die sich in Richtung Stadt bewegte, setzte er sanft und lautlos seine Triangle ab. Der Sand auf dem trockenen Land wurde aufgewirbelt.

Mit einem schwungvollen Satz sprang er hinaus und wartete auf seinen Gebieter. Die angewinkelten Arme verschränkte er hinter seinem Rücken und stellte sich breitbeinig hin. Ganz so, wie es von einem Wächter verlangt wurde, wenn ein Erleuchteter im Anmarsch war.

Er musste sich diszipliniert zeigen, von seiner besten Seite eben. Würde er doch heute Abend noch mit Sicherheit einigen Ärger bekommen, wegen diesem dämlichen Beeper.

Nur noch wenige Schritte trennten die Gruppe von Pepe. Wer war denn das Kind? Ein kleines, vielleicht achtjähriges, maximal zehnjähriges Mädchen, das einen Teddybären mit sich trug. Es sah schon etwas seltsam aus, weil sie an der Spitze der Fünfergruppe vorauseilte. Danach folgte Shane O´Sullivan und eine junge Frau, die wahrscheinlich in etwa des gleichen Alters wie der Regent sein musste. Hinter ihnen ein gut gebauter, aber komisch wirkender Typ mit Schnauzbart und seltsamen Klamotten. Neben ihm eine müde wirkende Frau. Je näher sie kamen, desto mehr Fragen drängten sich Pepe auf. Sie alle trugen seltsame Kleidung. Doch dann verwarf er seine Skepsis, schließlich kamen sie ja gerade aus einer Parallelwelt und dort musste man sich wahrscheinlich so kleiden, um nicht aufzufallen. Hier würde man sie sofort für Abtrünnige halten. Aber Shane war ja dabei, somit war dies ja auszuschließen. Oder etwa doch nicht? Doch bevor er weiter sinnieren konnte, konzentrierte er sich auf seine Willkommensbegrüßung. Sie standen inzwischen direkt vor ihm und er richtete seinen ernsten Blick direkt auf den ranghöchsten Erleuchteten.

»Willkommen zurück, Sir. Ich hoffe, Sie sind unbeschadet zurückgekehrt«, sprach Pepe und salutierte.

Shane nickte ihm zu und Pepe nahm dies zum Zeichen, eine lockere Position einnehmen zu dürfen.

Maggie fühlte Unbehagen in der Nähe des Wächters. Vielleicht sollten sie und Pierre sich doch absetzen und ihre Gruppe aufsuchen. Jetzt hätten sie vielleicht noch die Möglichkeit dazu.

Rebecca nahm Alina an die Hand und schaute mit großen Augen umher. Sie konnte sich nicht entscheiden, wo ihr Blick länger als den Bruchteil einer Sekunde haften bleiben sollte. Zu andersartig war hier alles. Das Flugobjekt vor ihnen. So etwas hatte sie noch nie gesehen. Die wüstenähnliche Landschaft. Aber das Faszinierendste war diese unbeschreiblich große Kuppel über der von weitem zu sehenden Megastadt. Die Ausmaße ließen sich nur erahnen. Woraus bestand diese Kuppel überhaupt? Sie sah von hier aus Gläsern aus und doch auch durchlässig. Das würde ihr Shane bestimmt irgendwann erklären, sobald sie Zeit dazu hätten.

Alina schien die Ruhe selbst zu sein und musterte nur neugierig den Wächter.

*

Vorsichtig hielten sie ihre Köpfe ins Freie. Der Sand wehte ihnen in die Augen. Der quadratische Betonschacht war ziemlich eng, sodass Ilay und Gwendolin, die von allen nur Wendy genant wurde, gerade mal so, gleichzeitig herausklettern konnten.

Wendy, Lorens Mutter, entdeckte die Feuerkugel als Erste und rammte ungewollt hart ihren Ellenbogen in Ilays Rippen.

»Schau da drüben!«, rief sie erschrocken aus.

Ilay war gerade dabei, sich über den heftigen Stoß zu beschweren. als auch er das unverkennbare Zeichen sah, die immer auftauchende Begleiterscheinung, wenn sich ein Dim-Feld aufgetan hatte.

Die Kugel war weithin sichtbar. Selbst bei Tageslicht gab es keinen Anlass für Spekulationen. Die orange rötlich flimmernde Feuerkugel stand förmlich dort oben unterhalb der Sonne. Dann glitt sie hinab.

»Entweder haben sie noch mal jemanden in eine andere Dimension geschickt oder Shane ist zurück«, sagte Ilay.

Wendy zuckte zusammen. Die Stelle konnte nicht allzu weit sein, wenn man sich an dem Wetterphänomen orientierte.

»Was schaust du so, Wendy? Ich befürchte Schlimmes.«

Die Frau überhörte gewollt seine Frage.

»Wendy, vergiss es einfach. Wir können da nicht hingehen. Wären wir im Lager geblieben, hätten wir es nicht einmal bemerkt.«

»Wir sind aber nicht im Lager, Ilay.«

Nein, natürlich nicht, das wusste er. Doch sie waren hierhergekommen, um einiges zu nahe an der Stadt, um nach Lebensmitteln zu suchen.

»Komm schon. Wir haben die Rucksäcke voll mit Konservendosen. Deswegen haben wir uns hergewagt und wir waren uns einig, dass wir kein unnötiges Risiko eingehen werden«, sprach er auf sie ein.

»Da ahnten wir auch noch nicht, dass wir vielleicht Shane in die Finger bekommen, diesen elenden Bastard.«

»Wir wissen nicht, ob sich Shane dort aufhält«, entgegnete Ilay.

»Ganz genau«, überlegte Wendy laut, »und deswegen werden wir nachschauen.«

»Lass diesen Unsinn. Es wimmelt gleich von Drohnen. Und sollte er tatsächlich dort sein, dann ist auch einiges an Bodentruppen zu erwarten.«

Wendy ignorierte ihn, zog sich hinauf und duckte ihren Kopf, als sie kniend neben dem Betonschacht die Gegend ausspähte. Doch in dieser trockenen Ebene hätte ihre vorsichtige Haltung auch keinen Schutz geboten, wären die Drohnen in der Nähe gewesen.

Ilay kroch auch hinaus und hielt Wendy an der Schulter fest.

»Wendy, ich bitte dich. Das ist Suizid. Denke nicht einmal daran.«

Sie entriss sich mit einer ruckartigen Körperbewegung.»Ich zwinge dich zu nichts Ilay. Wenn du nicht mitkommen willst, verstehe ich das. Aber die haben meine Tochter. Das ist meine einzige Chance, wenn ich ihn in meine Gewalt bringen …«

Ilay unterbrach sie mit einem süffisanten Lachen.

»Von was für einer Chance träumst du denn? Die werden dich, noch bevor du Zeit hättest, ihn anzusprechen, in Ketten legen und das ist noch die harmloseste Variante.«

Gwendolin ließ sich nicht beirren. Es ging um das Leben ihrer Tochter. Nichts und niemand konnte sie davon abbringen, jetzt die Gelegenheit zu ergreifen und sich Shane zu schnappen.

»Hier, nimm meinen Rucksack und bring ihn ins Lager. Ich gehe und versuche erst gar nicht weiter auf mich einzureden.«

Ilay wusste, dass dieser Entschluss absoluter Wahnsinn war. Doch gegen jede Vernunft, entschied er, nicht von Wendys Seite zu weichen. Innerlich hatte er ab diesem Moment mit dem Leben in Freiheit abgeschlossen. Doch konnte man es Freiheit nennen? Gab es so etwas wie Freiheit überhaupt? Das Versteckspiel und der tägliche Kampf um Lebensmittel zermürbte ihn zusehends. Aber besser so, als in der Stadt als Sklave der Erleuchteten zu leben.

Er drückte ihr den Rucksack wieder in die Arme. Sie verstand. Ein kurzes Lächeln und Kopfnicken mussten ihm als Dank genügen.

»Also, los. Dann schnell«, gab er das Kommando und sie rannten in gebückter Haltung, so schnell sie konnten.

An Sträuchern und Mauerresten gönnten sie sich nur für wenige Sekunden eine Verschnaufpause und sprinteten dann weiter.

Als ihnen das Herz so sehr pochte, dass sie das Gefühl hatten, ihre Körper würden gleich schlapp machen und sie würde einfach umkippen, noch bevor man feststellen konnte, ob es sich tatsächlich um Shanes Rückkehr handle, schwirrten plötzlich mehrere Drohnen umher. Sie kreisten über ihren Köpfen. Das war's dann, dachte Ilay. Doch stehenbleiben machte nun auch keinen Sinn mehr. Die letzten Meter würden sie einfach weiter rennen. Bis zu dieser Gruppe dort, der man jetzt immer nähe kam. Eine Gruppe, die auf den Gleisen stand, und von einem Wächter begrüßt wurde. Noch nie waren sie so nah an eine Triangle gekommen, hatte sie, wenn überhaupt, in der Luft davonzischen sehen. Doch nichts davon würde in einigen Augenblicken noch relevant sein. Das dämmerte nun auch Wendy, die ihre Sorgen bisher verdrängen konnte, allein durch die Gedanken an ihre Tochter, die sie retten wollte.

*

»Wer zum Teufel, kommt da jetzt angerannt?«, schrie Terry.

Die Blicke klebten förmlich an der Riesenleinwand.

»Was melden denn die Drohnen?«, wollte Shanes Vater wissen.

»Nichts. Die da sind auch nicht gechippt. Sehen aber allem Anschein nach, wie Abtrünnige aus. Die haben sich die Implantate wahrscheinlich schon vor Ewigkeiten operativ entfernen lassen«, brüllte der Sicherheitschef.

»Gesichtserkennung?«, hakte O´Sullivan nach.

»Keine Ergebnisse. Sind bestimmt schon vor der Einführung dieser Software, vor ein paar Jahren, geflüchtet.«

»Wie lange brauchen unsere Bodentruppen, bis sie dort sind?«

»Noch zehn Minuten etwa«, antwortete Terry.

Dann bog er das Mikrofon seines Headsets zurecht und kontaktierte Thomas.

»Thomas, du hast sicherlich schon bemerkt, dass da zwei in Shanes Richtung stürmen.«

Gloster ließ die Antwort über die Lautsprecher in der Kontrollstation laufen.

»Bin schon unterwegs. Juanito lasse ich weiterhin das Dim-Feld umkreisen. Wobei dieses sich in einigen Augenblicken schließen sollte, so hoffe ich.«

Ja, das hofften alle. Da man dieses nicht selbst geöffnet hatte, musste man damit rechnen, dass ein Ansturm drohte. Von wem auch immer. O´Sullivan wusste natürlich, wen man zu fürchten hatte, aber selbst die Schöpfer würden nicht so verrückt sein und ohne ihre Flugobjekte in ihrer Dimension auftauchen. Doch ein ungutes Gefühl hatte er trotzdem. Schließlich war es durchaus möglich, dass die außerirdischen

Vorfahren eine neue, dem Hohen Rat noch nicht bekannte Technik entwickelt hatten, mit Hilfe derer es ihnen nun möglich wäre, mitsamt Waffen in das Herrschaftsgebiet der neuen Weltordnung einzudringen.

»Moment mal,« rief der Sicherheitschef plötzlich, »zeigt mir noch mal die zwei Personen hinter Shane. Zoomt sie heran. Warum schauen die zu Boden, als würden sie sich verstecken wollen?«

Verschiedene Perspektiven wurden aufgerufen, drehte die Standbilder. Eine Aufnahme war nahezu perfekt. Die Gesichter wurden in Großaufnahme dargestellt. Man verbesserte die Bildqualität und dann, ja, dann fiel es einigen wie Schuppen von den Augen.

»Das ist ja mal eine Überraschung«, jauchzte O´Sullivan.

Terry betätigte, ohne auf den Erleuchteten einzugehen, sein Headset.

»Thomas, du wirst es nicht glauben. Da unten, hinter Shane, stehen Pierre und Maggie. Mach sie unschädlich, aber lass sie am Leben. Die Bodentruppen übernehmen sie , sobald sie bei euch eingetroffen sind.«

Es brach fast schon Jubel aus, als Minuten später, der ehemalige Wächter, der sich vor Ewigkeiten in eine Parallelwelt abgesetzt hatte, inklusive seiner Frau, dingfest gemacht wurde. Die pure Erleichterung kehrte schließlich ein, als Juanito meldete, er könne beobachten, wie sich das Dim-Feld schließe. Sofort ließ man sich die Aufnahmen per Drohne auf die Leinwand senden.

»Sir, wie Sie sicher selbst mitverfolgt haben, kann ich Ihnen nun melden, dass auch die beiden anderen festgenommen wurden. Die Idioten glaubten doch tatsächlich, sie könnten unseren Regenten mit bloßen Händen angreifen.«

Man hörte Thomas noch lachen.

*

»Das gefällt mir gar nicht. Schau lieber zu Boden. Ich glaube, wir werden gerade nicht nur von einer Drohne gemustert«, flüsterte Pierre seiner Frau zu, während sich Shane mit Pepe unterhielt.

»Das kann nicht gut gehen. Wir sollten rennen. Shane wird schon dafür sorgen, dass man uns ziehen lässt«, spornte Maggie ihren Mann an.

Der drehte sich leicht nach hinten. Ihm war so, als hätte er aufkommenden Wind gespürt. Seine Vermutung bestätigte sich, als er die zweite Triangle hinab gleiten sah.

»Zu spät«, gab er zu verstehen.

Eine aufgewirbelte Staubwolke, die sich mit schnellem Tempo näherte, veranlasste Maggie, ihre Augen vor dem Kommenden zu verschließen.

Mehrere Truppentransporter rasten auf sie zu. Die Amphibienfahrzeuge ratterten mit lautem Getöse ihrem Einsatz entgegen und waren im Gegensatz zu den kaum hörbaren Flugobjekten allein schon ihrer Lautstärke wegen, besorgniserregend.

Maggie erinnerte sich, wie es ihr schleierhaft vorkam, damals, als sie noch in der Stadt lebte, warum die Militärfahrzeuge weiterhin produziert wurden, jedoch keine Beförderungsmittel für die Zivilisten. Als Normalbürger hatte man nur die Möglichkeit, die veralteten Züge zu benutzen, wenn man denn eine Ausreisegenehmigung zu einem anderen Distrikt hatte.

Innerhalb der Städte gab es die unterirdische Bahn, die einen von A nach B brachte. Aber selbst durfte man kein Fahrzeug bedienen, so denn überhaupt, welche vorhanden gewesen wären. Selbstverständlich galt dies nicht für die Erleuchteten und Regierungsmitglieder in wichtigen Positionen, die ließen sich in pompösen,Luxusschlitten herum chauffieren.

»Hände hinter den Kopf, ihr zwei«, schrie Thomas und visierte sie mit seiner Waffe an.

Er hatte sein Chamäleon nicht mal verlassen, sondern schrie von der geöffneten Luke aus hinüber.

Shane blieb äußerlich gänzlich gelassen. Selbstverständlich. Er behielt das Ruder in seinen Händen. Alina blickte abwechselnd zu ihm hinauf und dann wieder zu Maggie und Pierre. Becci blieb die Spucke weg. Galt dies auch für sie? Wie sollte sie sich nun verhalten? Ihr Herz raste.

»Pierre, Maggie, auf die Knie mit euch. Und macht lieber, was ich euch sage.«, drohte Thomas.

Es bedurfte keiner Einschüchterungsmaßnahmen. Pierre erkannte Thomas auf Anhieb wieder Sie hatten lange Zeit zusammen gedient und er wusste, dass dieser knallhart durchgreifen würde, sollten sie auch nur eine falsche Bewegung machen.

Das Ehepaar gehorchte. Pepe staunte wortlos. Wen hatte sein Vorgesetzter da ins Visier genommen? Warum schwieg der junge Regent und reagierte nicht?

Zu dieser jetzt schon erstaunlichen Situation kam noch eine komplett irrsinnige Aktion hinzu. Wie aus dem Nichts tauchten plötzlich zwei weitere Personen auf. Pepe hatte sie nicht kommen sehen. Sie stürmten hinter seinem Rücken heran und versuchten doch tatsächlich, sich auf Shane zu stürzen. Soweit kam es aber nicht, auch wenn nur wenige Handbreit zu einem Körperkontakt gefehlt hatten. Mehrere Schüsse knallten. Kugeln zischten zwischen Pepes Position und Shanes Standort durch die Luft und trafen präzise Wendys Schenkel. Zuerst den linken, dann den rechten. Sie schlug hart auf den Betonschwellen auf und schrie vor Schmerzen. Ilay erging es noch schlimmer. Ihn traf man am Oberarm, in die Kniescheibe und eine Kugel streifte seine Brust. Er prallte direkt neben Wendy auf und so lagen beide dem verhassten Regenten zu Füßen.

»Oh mein Gott«, schrie Becci.

Wie dumm konnte sie nur sein? Wieso war sie hier?, fragte sie sich in Gedanken. Dieser Ort glich ja der Hölle auf Erden. Sie stand unter Schock.

»Shane?«, wandte sich Alina an den jungen O´Sullivan mit sanfter aber unerschrockener Stimme.

»Nein, Alina, jetzt nicht«, stoppte er sie.

Das Mädchen schaute ruhig umher, sah dort drüben die gefangenen Pierre und Maggie. Vor ihr und Shane lagen zwei blutende Menschen, die mit schmerzverzerrten Gesichtern zu ihnen aufschauten.

Und neben ihr, Becci. Nein, Rebecca hatte diesen plötzlichen Ortswechsel gar nicht gut vertragen, dachte sich Alina. Sie griff nach der Hand ihrer Aufpasserin. Wobei sie sich gedanklich sagte, sie würde schon aufpassen, dass Becci nichts angetan würde. Die Rollen schienen vertauscht.

»Bringt die beiden in die Arrestzellen in der Sperrzone«, befahl Shane einigen Soldaten, die nun mit gezückten Waffen vor ihnen standen.

»Haben wir einen Sanitäter hier? Die beiden müssen ja offensichtlich verarztet werden«, sagte er zu einem anderen Soldaten.

Pepe wunderte sich. Er hatte nicht damit gerechnet, dass Shane die beiden am Leben lassen würde.

»Oder halt. Pepe, du übernimmst das. Bring sie mit der Triangle ins Truppenhospital und sag den Ärzten dort, sie sollen sich gut um sie kümmern. Mach ihnen klar, dass der Befehl direkt von mir kommt.«

Nun war er nicht nur verwundert, sondern regelrecht verblüfft. Vor ein paar Tagen noch sollte man mit den Abtrünnigen kurzen Prozess machen und sie auslöschen und nun ließ er Gnade walten? Vielleicht urteile ich auch zu früh, dachte Pepe. Wer weiß, was er ihnen antun wird, wenn die Verletzungen verheilt sind. Seine Gedanken behielt er selbstverständlich für sich. Zwei Soldaten schnallten Wendy und Ilay auf Bahren fest und befestigten jene direkt hinter dem Pilotensitz. Platz dafür gab es mehr als genug. Nachdem Pepe erneut salutierte, flog er los in die Schutzzone.

Pierre und Maggie wurden an ihren Armen hochgezogen. Ihre Hände wurden ihnen auf dem Rücken in Handschellen gelegt.

Sehr unsanft wurden sie zu den Truppentransportern geschubst und wie zwei Sack Kartoffeln in die Fahrzeuge verfrachtet.

»Sir, dürfen wir Sie in die Stadt fahren? Auch wenn es nur ein Militärfahrzeug ist und kein Wagen der Ihrem Rang entsprechen würde.«

Was wollte dieser Trottel ihm damit sagen?, kochte es in Shanes Gedanken. Dachte der etwa, ich hätte keine militärische Ausbildung genossen? Natürlich saß auch Shane oft genug in den rustikalen Fahrzeugen. Aber der Regent ließ sich nicht anmerken, dass ihm die Art, wie die Einladung artikuliert wurde, missfiel. Er lehnte ab und schickte nun auch den letzten Transporter zurück in die Stadt.

»Sir, soll ich den beiden Damen beim Einsteigen behilflich sein?«, fragte Thomas, der lässig an seinem Chamäleon lehnte.

»Wir müssen laufen«, flüsterte Alina Shane zu und zog ihn dabei an der Hand.

»Wieso sollten wir den restlichen Weg zu Fuß hinter uns bringen?«, fragte er nun das Wunderkind.

»Weil es so geschrieben steht. Die Prophezeiung kann sich nicht erfüllen, wenn wir nicht alle Einzelheiten einhalten«, flüsterte sie bestimmend.

»Ich verstehe. So wie Jesus Einzug nach Jerusalem prophezeit wurde, laut dem Propheten Sacharja 9,9 stand geschrieben: *Juble laut, Tochter Zion! Jauchze, Tochter Jerusalem! Siehe, dein König kommt zu dir. Er ist gerecht und hilft; er ist demütig und reitet auf einem Esel, auf einem Fohlen, dem Jungen einer Eselin.*«

Alina kicherte. Sie fand die Vorstellung lustig und wäre am liebsten auch auf einem Esel in die Stadt geritten.

»Ja und Jesus ritt auf einem Esel in die Stadt«, erwiderte sie, »blöd, dass ich auf Gleisen in die Stadt laufen muss.«

Shane konnte sich ein Schmunzeln nicht verkneifen.

»Danke Thomas, wir gehen zu Fuß. Sag meinem Vater bescheid, dass man uns am Bahnsteig 777 abholen lassen soll. Er möchte bitte meinen Chauffeur rechtzeitig informieren.«

Thomas salutierte und verschwand.

Alina legte ihre flache Hand auf Beccis Bauch. Irgendetwas löste dies wohl in ihr aus. Ihr Blick starrte nicht mehr ins Leere. Verwirrt schaute sie umher, als wäre sie aus einem bösen Traum erwacht. Wo waren all die anderen? Nur noch Shane und Alina waren hier draußen in dieser Einöde.

»Wie hast du das gemacht?«, fragte Shane erstaunt.

Erneut kicherte die Kleine.

»Dafür, dass du ein direkter Nachfahre der Schöpfer bist, verstehst du aber sehr wenig hiervon.«

»Wie meinst du das?«, staunte er.

»Shane, jetzt benimmst du dich wie ein kleines Kind. Die Schöpfer haben den Menschen gemacht. Ihre Körper. Aber die Seele stammt nicht von ihnen.«

»Okay, das ist mir, als einer der Erleuchteten sowieso schon klar gewesen, aber was hat das mit deiner Handauflegerei zu tun?«

Sie zuckte nur mit den Schulten, aber auf die Art und Weise, die einem sofort zu verstehen gab, dass es eine Aufforderung sei, selbst auf die Lösung zu kommen.

*

Nachdem Pepe den Befehl ausgeführt hatte, rannte er, so schnell er konnte, zu Loren hinüber in den Gefangenentrakt.

Total außer Atem platzte er hinein in ihre Zelle.

Hatte sie geweint? Ihr Blick schien gläsern. Die Beine angewinkelt saß sie auf der Pritsche und lehnte an der kalten, grauen Wand.

»Kein Essen mitgebracht heute?«, fragte sie mit ironischem Unterton.

Pepe winkte ab. Deswegen war er nicht gekommen.

Es gab Wichtigeres.

»Loren, ich muss dir etwas mitteilen«, stammelte er los.

»Leg los, ich bin ganz Ohr. Hast du dich endlich dazu durchgerungen, mir mitzuteilen, was man mit mir vorhat?«

Der junge Kampfpilot fuhr sich durch die Haare.

»Nein, das Thema hatten wir doch schon.«

»Dann wüsste ich nicht, was es so Wichtiges geben kann. Kein Essen. Du verschweigst mir ...«

Pepe unterbrach ihre giftige Nörgelei.

»Deine Mutter ist hier«, rief er.

Loren sprang mit einem Satz auf.

»Was sagst du da?«

»Ja, deine Mutter und irgendein Ilay.«

Lorens Magengrube verkrampfte sich. Ein Stechen in der Brust kam hinzu. Die beiden waren irgendwo hier in der Nähe, aber das konnte keine

Freude in dem Mädchen hervorrufen. Genau das Gegenteil war der Fall. Ein ungutes, schmerzhaftes Gefühl.

»Was ist geschehen?«, wollte sie wissen.

Pepe forderte sie auf, sich zu setzen, und fasste zusammen, was sich zugetragen hatte. Verheimlichte auch nicht, dass die beiden angeschossen wurden.

»…und wie ich sie dann hierher geflogen habe, hörte ich deine Mutter deinen Namen schreien. Ich wusste instinktiv, dass sie nur dich meinen konnte. Auch wenn es noch weitere Lorens geben mag.«

Loren schossen Tränen in die Augen. Sie trommelte mit ihren Fäusten gegen die Wand und Pepe musste sie festhalten, damit sie sich nicht selbst verletzen würde.

Ihre Fingerkuppen waren schon aufgerissen und Blut floss in einem Rinnsal ihre Finger hinab und tropfte zu Boden.

»Nicht Loren, lass das sein bitte.«

Sie versuchte, seiner Umklammerung zu entkommen, sich zu befreien. Obwohl sie nach einigen Sekunden bemerkte, wie gut es ihr tat. Sie gab den Widerstand auf und heulte sich an seiner Brust aus.

»Es kommt schon alles wieder in Ordnung«, versuchte er, sie zu beruhigen.

»Wie denn? Wie kann das jemals in Ordnung kommen? Willst du uns etwa befreien?«

Pepe schwieg. Er wusste nur zu gut, dass er das nicht konnte. Aber irgendeinen Ausweg musste es geben. Vielleicht sollte er sich bei Thomas einen Rat holen. Vielleicht konnte er Einfluss auf das Strafmaß nehmen. Eine sehr vage Hoffnung, zugegeben. Aber etwas Besseres fiel Pepe nicht ein. Und dann, Thomas. Der Namen in seinen Gedanken, ließ den jungen Wächter zusammenzucken. Er hatte ja noch immer keinen Beeper an seinem Handgelenk. Und Thomas hatte inzwischen seinen Einsatz bestimmt beendet. Er musste ihn, so schnell wie möglich ausfindig machen und sich seine Tracht Prügel abholen, sinnbildlich gemeint, dachte Pepe. Er würde ihn ganz schön zusammenstauchen. Doch Pepe würde es wie ein Mann aufnehmen und die Kritik erdulden, danach würde er ihn um Rat fragen.

»Beruhige dich ein wenig. Versprich mir keine Dummheiten zu machen. Ich gehe jetzt und kümmere mich um die Angelegenheit.«

Loren spürte jetzt, dass sie ihm vertrauen konnte. Sie fühlte es einfach. Er meinte es ehrlich. Sie konnte sich zwar nicht vorstellen, wie er ihrer Mutter und Ilay, und ihr selbst natürlich auch, helfen könnte, aber sie durfte die Hoffnung nicht aufgeben.

*

Rebecca kam aus dem Stauen gar nicht mehr heraus. Sie hatte schon einige Metropolen besichtigt, in ihrer Welt. London, New York, Tokio. Aber diese Stadt übertraf alles. Trotz der Größe, den Hochhäusern, die bis knapp unter diese seltsame Kuppel ragten, den Menschenmassen, ging es ungewöhnlich ruhig und gesittet zu. Die Straßen waren so gut wie gar nicht befahren. Hier und da mal ein Militärfahrzeug und zweimal fuhr eine Luxuslimousine vorbei. Ansonsten waren nur die Gehwege und breiten Plätze stark frequentiert. Aber kein übermäßiger Lärm war zu vernehmen. Nie stand eine größere Gruppe zusammen. Auch auf den öffentlichen Plätzen, mit den Springbrunnen, Statuen und überdimensionierten Monitoren, auf denen scheinbar irgendwelche angesehenen Führungspersonen, irgendwelche Statistiken erklärten, irgendetwas von erreichten Produktionszahlen und Ähnlichem erwähnten, ja, nicht mal da, sah Becci mehr als zwei oder drei Personen zusammenstehen.

Shane sah ihre erstaunten und fragenden Blicke.

»Beeindruckt?«, fragte er.

»Unglaublich. Ich bin sprachlos. Ich wundere mich nur …«

»Ja? Was wundert dich?«

»Ist das nur Zufall oder warum sehe ich keine größeren Versammlungen. Nicht mal die Jugendlichen stehen in größeren Cliquen zusammen.«

»Das dient der Sicherheit. Je weniger an einem Flecken zusammenkommen, desto leichter ist zu beobachten, ob eventuell ein Aufstand oder Boykott geplant wird.«

»Na toll, das nennt man in meiner Welt Diktatur«, meinte sie grimmig.

»Nicht nur in deiner, wobei du das nicht zu laut aussprechen solltest«, er zwinkerte ihr zu.

»Warum schauen uns denn die Meisten so komisch an?«, wunderte sich Becci.

»Zum einen, weil sie sich fragen, ob das tatsächlich ich bin, ihr neuer Regent, und zum anderen wegen unserer Kleidung«, erklärte er.

»Ach so, stimmt, die Klamotten unterscheiden sich doch sehr«, stellte Becci fest. »Aber wie meinst du das? Sie würden sich fragen, ob es tatsächlich du bist? Sie werden doch ihr Oberhaupt kennen? Also ich bin mir sicher, bei uns würde man führende Politiker auf der Straße erkennen.«

»So, du bist dir sicher. Nein, auch in deiner Welt gibt es Menschen, die auf offener Straße nicht unbedingt eine Berühmtheit erkennen würden. In meinem Fall kommt hinzu, dass ich der breiten Öffentlichkeit erst bei der Zeremonie, also bei meinem Amtsantritt, präsentiert wurde.«

Alina schien das Gespräch nicht zu interessieren. Sie lief schweigend neben ihnen her und ließ den Teddy baumeln.

»Wie weit ist es noch?«, fragte Becci.

»Nur noch an diesem Gebäude vorbei, dann über einen großen Platz und danach siehst du schon die Haltestelle.«

Die nächsten Minuten schwiegen sie, bis das schwarze Schild, auf dem mit gelber Schrift U 777 stand, zu sehen war. Becci schaute fragend Shane an und zeigte zur besagten Stelle. Er nickte.

Ein gut gekleideter Mann, mit breiter Brust, winkte sie zu sich. Er strahlte förmlich. Das breite, zwanglose Grinsen verriet Becci, dass es wohl eine Person sein müsse, die nicht gerade zur Arbeiterklasse gehöre. Aussehen und Verhalten machten auf Anhieb klar, dass dieser in diesem System auch etwas zu sagen haben müsse.

»Shane, mein Junge, schön, dich wieder hier zu haben.«

Hoppla, mein Junge? Becci versuchte, Gemeinsamkeiten an den beiden festzustellen. War das vielleicht Shanes Vater? Obwohl, nur weil er mein Junge sagte, musste dies nicht automatisch bedeuten, dass sie verwandt sind. Dennoch ließ sich eine gewisse Ähnlichkeit nicht leugnen.

»Hallo Vater, danke, dass du mich persönlich begrüßt, wäre aber nicht nötig gewesen.«

Okay, die Ähnlichkeit war also kein Zufall, dachte Becci.

»Na, das lasse ich mir doch nicht entgehen. Und dann darf ich auch noch erfreut feststellen, dass du das Mädchen dabei hast. Das ist sie doch, nehme ich an, ja?«

Er ging in die Hocke und musterte das Mädchen von Kopf bis Fuß. Alina machte nicht den Eindruck, als wäre sie eingeschüchtert.

»Hmm, also äußerlich unterscheidet sie sich auch nicht von anderen Kindern«, meinte O´Sullivan beiläufig.

»Was hast du erwartet?«, entgegnete Shane.

Sein Vater antwortete auf die rhetorische Frage nicht, sondern erkundigte sich nach Rebecca.

»Und sie? Wen haben wir da?«

Die Frage war an seinen Sohn gerichtet, er erwartete die Erklärung von seinem Sohn.

»Dazu kommen wir später. Eins nach dem anderen.«

O´Sullivan schaute etwas verwundert, aber drängte auch nicht weiter.

»Na dann, steigt ein, fahren wir mal los.«

Der Chauffeur hielt ihnen die Tür auf. Becci staunte abermals, als sie das Innere des Wagens sah. Das war der pure Luxus, ging es ihr durch den Kopf. Ledersitze auf denen man sich gegenübersaß, eine Minibar, Monitore und weiterer Schnickschnack. Ihr Abteil war durch eine Trennscheibe isoliert. Der Fahrer bekam nichts von den Gesprächen hinter ihm mit.

Shane betätigte einen Knopf, der sich rechts von ihm an der Tür befand. Ein rotes Lämpchen leuchtete auf.

»Theodor, fahren sie uns zu meinem Großvater«, befahl er dem Fahrer.

»Aber nein, Shane. Wir haben geplant, das Mädchen gleich in die Zentrale zu bringen«, protestierte O´Sullivan.

»Das kann warten.«

»Weshalb, ich…«, versuchte Shanes Vater zu argumentieren, doch er wurde unterbrochen.

»Ich bin der Meinung, Großvater hat es verdient, das Mädchen persönlich kennenzulernen. Er war es schließlich, der dafür sorgte, dass ich mein ganzes bisheriges Leben diesem Projekt widmete. Und nun soll er den erfolgreichen Abschluss dieser Mission erfahren dürfen.«

»Der alte Mann ist senil, Shane. Glaubst du ernsthaft, er verstünde in seinem Zustand die Tragweite dieser Maßnahme?«, erwiderte der Sohn des ehemaligen Regenten.

»Er hat auch seine lichten Momente.«

O´Sullivan verstand, dass weitere Proteste nichts bringen würden. Shane hatte es so beschlossen und obwohl er sein Sohn war, entschied er als neuer Machthaber, was zu tun war. Da konnte er zwar Einspruch einlegen, letztendlich bestimmte aber seit der Zeremonie Shane alleine, jeden Schritt und Tritt.

Als der Fahrer in den großen Hof einbog, der zur O´Sullivan-Residenz gehörte, machte sich seit längerer Zeit Alina bemerkbar.

»Genau so habe ich es in Erinnerung«, sagte sie freudig, als sie das prachtvolle Gebäude zu ihrer Seite entdeckte.

»Mädchen, du irrst dich. Ich glaube nicht, dass du schon einmal hier gewesen bist«, meinte Shanes Vater herablassend.

»Hab ich auch nicht behauptet«, entgegnete die Kleine trotzig.

O´Sullivan legte die Stirn in Falten. Was meinte das sogenannte Wunderkind damit?

Dasselbe fragte sich auch Becci, aber instinktiv fühlte sie, dass sie ihre Frage im Beisein von Shanes Vater unterdrücken müsse.

Der Fahrer öffnete ihnen die Tür. Der ältere O´Sullivan machte Anstalten, mit aussteigen zu wollen.

Shane drückte ihn sachte an der Schulter zurück in den Sitz.

»Nein, Vater, du nicht. Wir gehen da alleine hinein. Fahre rüber zur Kommandozentrale. Ich melde mich per Live-Schaltung nachher bei euch.«

»Aber wieso …«, wollte Shanes Vater erneut Einspruch einlegen.

»Tu es einfach. Alles andere erfährst du später. Wie gesagt, erst Großvater, dann alle anderen.«

Der Fahrer schlug die Tür zu. Shane war sein Vorgesetzter, der Oberste überhaupt. Sein Wort war gewichtiger.

»Alina, wie hast du das gemeint vorhin? Du hättest es so in Erinnerung?«, hakte nun Becci nach.

»Ab und zu träume ich etwas und dann geschieht es genau so. Oder ich sehe Orte, Gebäude, Menschen in meinen Träumen, die ich vorher nicht gekannt habe, und dann befinde ich mich plötzlich im wahren Leben an diesen Orten und treffe diese Menschen wirklich.«

Ein Bediensteter begrüßte sie und hielt ihnen die Tür auf. Shane grüßte wortlos zurück.

Im Inneren dieses barocken Gebäudes, das in Anlehnung an längst vergangene Zeiten, vor der großen Katastrophe, erbaut wurde, hingen prachtvolle Gemälde. Personen waren auf ihnen abgebildet. Ein jeder hatte drei Narben an der Schläfe, genau so wie Shane, stellte Becci fest.

»Meine Vorfahren. Alles O´Sullivans«, erklärte Shane, ohne dass ihm Becci hätte eine Frage stellen müssen.

Die drei gingen eine breite Wendeltreppe hinauf. Die Stufen waren aus teurem Marmor.

In der zweiten Etage bogen sie in einen Korridor, auf dem Boden lag ein roter Teppich. Am Ende des Ganges befand sich eine rustikale Holztür. Shane klopfte.

Die Tür wurde von innen geöffnet und ein weiterer Bediensteter grüßte Sie.

»Ist mein Großvater zuhause?«

»Er sitzt in seinem Schaukelstuhl und starrt schon seit Stunden durch das Fenster. Er ist sehr schweigsam heute und auf sein Frühstück hat er auch verzichtet«, berichtete der Mann.

»Du kannst eine Pause einlegen. Wir werden eine Zeit mit ihm verbringen. Ich lasse dich rufen, falls wir etwas benötigen.«

Der Bedienstete verbeugte sich und verließ den Vorraum zu O´Sullivans Privaträumen.

Da saß er, ihnen den Rücken zugewandt. Alina und Becci schauten sich im Zimmer um. Für einen ehemaligen Regenten war es doch sehr schlicht eingerichtet, dachte Rebecca. Das Auffälligste war hier eine Wand, die von einem bis an die Decke reichenden Bücherregal vereinnahmt wurde. Ob der alte Mann das alles gelesen hatte?

Shane blieb stehen. Wartete ab.

»Ist das mein geliebter Enkel?«, hörten sie eine Stimme.

»Ja, Großvater, ich bin es und ich habe jemanden mitgebracht.«

»Na dann kommt her und begrüßt den alten Mann.«

Großvaters linke Hand lag zittrig auf der Lehne des Schaukelstuhls, ansonsten aber machte er einen stabilen Eindruck.

»Warum hast du noch nichts gegessen, Großvater?«, fragte Shane fürsorglich.

»Mir war nicht danach«, entgegnete dieser knapp.

Der Regent strich seinem Vorgänger liebevoll durch die Haare. Rebecca wurde es warm ums Herz. Sie dachte automatisch an ihren Vater, ihre Mutter und Schwester. Würde sie ihre Familie jemals wiedersehen?

»Willst du uns nicht vorstellen?«, fragte der alte Mann.

»Das ist Rebecca. Rebecca, mein Großvater.«

»Sehr erfreut, junge Dame«, er griff nach ihrer Hand und deutete einen Kuss an.

Das waren Manieren, dachte sich Becci.

»Und wer ist diese hübsche junge Lady?«, er schaute zu Alina.

Das kleine Mädchen kicherte.

»Großvater, das ist Alina. Das Wunderkind.«

Der Großvater schaute wortlos zum Fenster hinaus. Es machte den Anschein, als würde er sich an etwas erinnern wollen.

»Die Zeit ist gekommen. Wir können das siebte Protokoll jetzt umsetzen.«

Der ehemalige Monarch rieb sich die Schläfen.

»Mein Junge. Ich fühle mich nicht sonderlich. Mir scheint, als würde sich ein Loch in mein Gehirn fressen wollen. Verzeih mir, von welchem Protokoll sprechen wir?«, versuchte er, sich zu erinnern.

Shane ließ den Kopf hängen.

Er hatte gehofft, das Erscheinen des Wunderkindes würde seinem Großvater auf die Sprünge helfen.

Was, wenn er sich geirrt hatte? Was, wenn die Prophezeiungen nur niedergeschriebene Hoffnungen eines Scharlatans aus den Vorkriegszeiten waren? Selbstverständlich hatten sie die Texte auf jede Kleinigkeit untersucht. Natürlich hatten sie in den Aufzeichnungen nachgeforscht, wie glaubwürdig dieser Prophet war, wie er sein Leben gelebt hatte und ob er negativ aufgefallen war. Doch je intensiver sie sich damit auseinandergesetzt hatten, desto sicherer wurden sich sein Großvater und er, dass in den Texten reale Visionen niedergeschrieben wurden.

»Aber Großvater, du hast dein ganzes Leben diesem Moment gewidmet. Du hast mich genau hierauf vorbereitet und es erfolgreich vor allen anderen Erleuchteten geheim gehalten und nun sagst du, du wüsstest nichts mehr davon?«, meinte Shane sichtlich schockiert.

Nun schaute der alte Mann mit traurigen Augen in die Runde.

»Es tut mir Leid mein Junge«, hauchte er leise.

Shane schritt nervös durch den Raum. Grummelte unverständliche Worte vor sich hin. Er bemerkte nicht, wie sich Alina seinem Großvater näherte und sich ungefragt auf seinen Schoß setzte. Becci beobachtete das Geschehen, ohne sich einzumischen.

Alina schaute dem Herren liebevoll in die Augen. Sie legte ihm ihre Handflächen auf den Kopf. Der alte O´Sullivan wehrte sich nicht, ließ alles einfach über sich ergehen. Und dann, ganz plötzlich, änderte sich sein Gesichtsausdruck. Die Augen wurden wässrig. Seine zitternde Hand schien, sich beruhigen zu wollen. Das Zucken hatte nachgelassen, ja, verschwand gänzlich. Nach einigen Augenblicken gab er einen lauten, befreienden Seufzer von sich und schloss das kleine Mädchen in seine Arme. Dieser Ausruf der Erleichterung holte auch Shane wieder zurück ins Hier und Jetzt.

Er sprang ihnen entgegen und kniete sich vor die beiden.

»Was ist geschehen?«

»Ich erinnere mich. Ja, ich erinnere mich an alles. So präzise, dass es einem Wunder gleicht. Ach was sage ich, dies ist ein Wunder. Und schaut nur ... Sie ist es tatsächlich. Sie ist das Wunderkind.«

*

Zähneknirschend schritt Shanes Vater die Stufen in der Kommandozentrale hinab. Terry Gloster sah ihm sofort seine Unzufriedenheit an. Noch bevor er vor dem Sicherheitschef stand, schrie er laut durch den Raum.

»Bringt mir diese Abtrünnigen hierher, sofort! Und verbindet mich mit Thomas.«

Jemand reichte O´Sullivan ein Headset.

»Thomas, ich möchte, dass du bei dem Verhör mit den Abtrünnigen dabei bist. Wenn sie nicht gesprächig sind, wirst du persönlich dafür sorgen, dass sie mir die Informationen preisgeben, die ich hören will.«

Wütend riss er sich das Headset vom Kopf und schleuderte es in die Ecke. Terry Gloster wunderte sich über diesen Wutausbruch. Was war nur geschehen? Warum war O´Sullivan so aufgebracht? Das Dim-Feld war verschlossen, man hatte Gefangene gemacht und Shane war heil zurück aus der Parallelwelt.

*

Thomas hatte seine Belehrungen gerade beendet, war nicht einmal so streng gewesen, wie es Pepe eigentlich erwartet hätte. Er reagierte zwar etwas verwundert, aber doch einigermaßen verständnisvoll auf die Bitte seines jungen Kollegen, er solle ein gutes Wort für Loren einlegen, als sein Beeper sich bemerkbar machte.

Pepe hörte zwar nicht, was an Thomas Ohren drang, doch sah er ihm sofort an, dass es nichts Erfreuliches sein konnte. Als sein Vorgesetzter das Headset abgenommen hatte, konnte Pepe seine Neugierde nicht zurückhalten.

»Schlechte Nachrichten?«

»Bring das Mädchen her«, befahl er .

»Was ist geschehen? Wer war das? Was hat man mit ihr vor?«, sprudelte es aus Pepe nur so heraus.

»Ich weiß es nicht, aber O´Sullivan klang ziemlich wütend.«

»Shane?«, hakte Pepe nach.

»Nein, sein Vater.«

Pepe schloss kurz seine Augen. Konnte er denn gar nichts tun? Er war sichtlich besorgt.

»Nun geh schon, es hilft alles nichts.«

Pepe ließ den Kopf hängen.

»Und bringe die anderen Zwei auch gleich mit. Pierre und Maggie. Sie befinden sich ein Stockwerk über Lorens Zelle.«

Der junge Mann schlich davon. Etwas langsamer wie er bei einem Befehl hätte laufen sollen. Doch unterwegs zu dem Gefängnis hoffte er immer noch auf eine Eingebung. Leider blieb sie aus. An Maggies und Pierres Zelle war er nur noch mutlos und niedergeschlagen.

»Kommt mit«, forderte er die beiden auf. Seine Stimme klang schwach und wirkte ganz und gar nicht bedrohlich.

»Wo bringst du uns hin?«, wollte Pierre wissen.

Er zuckte nur mit den Schultern.

»Willst du uns keine Handschellen anlegen?«, wunderte sich Maggie.

»Wozu? Ich möchte euch nichts antun und solltet ihr mir Schaden wollen, dann wisst ihr selbst, dass ihr die ganze Härte des Systems zu spüren bekommen würdet.«

Eigenartiges Verhalten, dachten Pierre und Maggie. Aber Unrecht hatte der junge Mann nicht. Also beschlossen sie stillschweigend, ohne Widerstand mitzugehen.

Vor Lorens Zelle hielt Pepe einen Moment lang inne.

Es war überdeutlich, dass etwas an ihm nagte. Wer befand sich hinter dieser Tür, fragten sich die anderen beiden? Warum zögerte der Wächter?

Als er sich schlussendlich aufraffte und die Türe weit aufschob, hallte Lorens Schrei durch die ganze Zelle und den davor befindlichen Korridor. Sie sprang auf und fiel Maggie in die Arme. Diese konnte und wollte ihre Gefühle auch nicht zurückhalten. Sie küsste das Mädchen mehrmals auf die Wangen und die Stirn.

Pepe schaute zu Boden.

Als sich die beiden etwas beruhigt hatten und von ihrer Umklammerung abließen, musterte Loren ihren liebgewonnenen Wächter.

»Warum schaust du so? Was ist passiert?«

Er zuckte die Schultern.

»Kommt einfach mit«, entgegnete er leise und schritt voran.

*

Der ehemalige Regent stand auf. Der Schaukelstuhl wippte leicht vor und zurück. Am Bücherregal schaute Shane suchenden Blickes die Regale durch.

»Muss ich dich jetzt fragen, ob du dich nicht mehr erinnerst?«, neckte der Alte.

Shane lachte.

»Ich glaube schon. Ist schon ein paar Jahre her, als du mir diesen Raum gezeigt hast.«

Becci fragte sich, welchen Raum er meinte. Diesen? Warum sollte er dieses unspektakuläre Zimmer Jahre lang nicht betreten haben.

Der Großvater deutete auf eine Stelle. Shane nickte.

Er fuhr mit der Fingerspitze über ein paar Buchrücken. Dann legte er seinen Kopf schräg. Und plötzlich hörte man ein ratterndes Geräusch. Shane hatte an einem Buch gezogen und die Wand fuhr zur Seite. Nun verstand Becci. Der erwähnte Raum befand sich gut versteckt hinter dem Bücherregal.

Der Großvater schritt voran und forderte sie auf, ihm zu folgen. In der Mitte des Raumes drehte sich ein überdimensionaler Globus. Blitze schossen um ihn herum und aus ihm heraus. An den Wänden befanden sich Monitore, die verschiedene Landschaften zeigten. Steinkreise, die Rebeccas an Stonehenge erinnerten. Pyramiden wie in Ägypten und Zentralamerika.

»Sollen wir?«, fragte der Großvater.

Shane schluckte. Erinnerungen schossen ihm durch die Gedanken. Seine diversen Ausbildungen, die vielen Texte, die er studiert hatte. Das Verhalten des Hohen Rates ihm gegenüber all die Jahre. Man sah in ihm schon frühzeitig den neuen Herrscher und schleimte sich bei ihm ein. Sie alle hatten hohe Erwartungen an ihn, versuchten rechtzeitig Einfluss auf seine zukünftigen Entscheidungen zu nehmen, doch alle hatten sich geirrt. Der einzige Mensch, der ihn wirklich führte, an der Hand nahm und ihn positiv beeinflusste, war sein Großvater. Nur er allein war es, der ihm die Wahrheit über die Prophezeiungen erklärte. Nur er wusste, wie wichtig es sein würde, die Tore für ihre außerirdischen Vorfahren zu öffnen, sobald das Wunderkind in Erscheinung treten würde.

Weder dieses System, noch die O´Sullivans, würden auf ewig Widerstand leisten können. Zu groß war der technische Vorsprung, den sie hatten und auch wenn sie in anderen Maßstäben dachten, was die Zeit an sich betraf, würde ihnen irgendwann der Geduldsfaden reißen. Ihre außerirdischen Vorfahren hatten eine andere Vorstellung von Moral, von der Entwicklung der Intelligenz und von Fortschritt. Eine Diktatur, wie man sie hier seit Generationen betrieb, würden sie, wenn es sein musste, auch mit Gewalt abschaffen. Sollte die Menschheit nicht für sich selbst sorgen und von alleine gegen unterdrückerische Gesellschaften vorgehen, würden sie im Extremfall von neuem beginnen, so wie sie es schon mehrere Male taten. Die letzte Vernichtung geschah zu Zeiten Noahs. Damals hatte man die Menschen lange gewarnt, gab auf verschiedenste Art und Weise zu verstehen, dass sie sich ändern müssten. Boten wurden geschickt, die in der Bibel erwähnten außerirdischen Männer, gingen fälschlicherweise als übersinnliche Wesen, als Engel, in das Massenbewusstsein ein. Als die Ignoranz des Menschen nicht mehr zu ertragen war, verursachte man schweren Herzens die Sintflut. Nur Noah und seine Familie durften überleben. Auf anderen Kontinenten, andere Familien. Diese weltweite Überschwemmung wurde den Nachfahren der Überlebenden mündlich überliefert und hielt sich hartnäckig in diversen Mythen und Legenden.

Shane und sein Großvater hatten sich entschieden. Es musste einen anderen Weg, einen Besseren geben. Sie würden dafür sorgen. Niemand würde sie jetzt mehr aufhalten können.

Shane breitete theatralisch seine Arme aus.

»Rechner, Protokoll 7“, rief er laut aus.

»Gesichtserkennung abgeschlossen,« hallte es durch den Raum, »Stimmenabgleich bitte.«

»Protokoll 7 starten«, sagte nun sein Großvater.

»Stimmenabgleich abgeschlossen. Protokoll 7 zur Umsetzung gestartet. Zehn, neun, acht …«

Der Countdown wurde gestartet. Auf den Monitoren sah man ein starkes Flimmern um die Steinkreise und Pyramiden. Feuerkugeln bedeckten den Himmel.

Der Globus in der Mitte des Raumes rotierte immer schneller. Ein weißer Lichtstrahl schoss aus seiner Mitte hinauf, schien sich durch die Zimmerdecke zu fressen. Becci und Alina staunten mit weit aufgerissenen Augen.

*

Thomas befahl den Gefangenen, in seiner Triangle Platz zu nehmen, als plötzlich der gesamte Hangar von einem hellen Licht ausgefüllt wurde. Das Tor der Halle wurde mit einem lauten Krachen aus den Angeln geschleudert und wehte wie eine leichte Feder davon. Der Wind stürmte durch die Halle, sodass sich Pepe und Thomas kaum auf den Beinen halten konnten.

»Verflucht, was ist denn jetzt los?«, schrie Pepes Vorgesetzter.

Beide Männer hielten sich an einem Geländer fest, das zu einem der Büros führte, von denen aus man einen guten Blick auf die Fluggeräte hatte. Pierre hielt es nicht auf seinem Sitz und er sprang heraus aus der Triangle. Er schleppte sich mühsam vor Richtung

Hangareingang. Als die drei sich vorgekämpft hatten, stockte ihnen der Atem. Ihre Augen waren in den Himmel gerichtet. Was war das? Feuerkugeln soweit das Auge reichte. Aber diese kreisrunden Flugobjekte, in unterschiedlichster Größe, diese tellerförmigen, beeindruckenden Luftschiffe, die flößten Respekt ein, ließen selbst die gestandenen Männer, Pierre und Thomas, vor Ehrfurcht erzittern.

»Zurück. Zurück zum Chamäleon«, schrie Thomas.

Der Sturm, der durch den Hangar fegte, ließ etwas nach. So schnell sie konnten rannten sie zur Triangle.

Doch als Thomas sein Chamäleon in Betrieb nehmen wollte, geschah nichts. Absolut nichts. Kein Bild auf dem Monitor. Kein Laut war zu vernehmen und das Fluggerät bewegte sich nicht von der Stelle.

»Was geht hier vor sich?«, schrie er nun panisch.

Maggie hatte ihren ersten Schrecken verdaut und schlug sich nun vor Freude auf die Schenkel.

»Sie hat es geschafft«, rief Pierre.

»Was? Wer hat was geschafft?«, schrie ihm Thomas entgegen.

»Das Mädchen. Das Wunderkind. Kennst du die Prophezeiung?«, hakte er mit aufgeregter Stimme nach.

»Bullshit. Das weißt du doch«, protestierte Thomas.

»Kein Bullshit. Ich habe in den Jahren, in denen ich weg war, auf ihr Wohlergehen geachtet. Sie existiert. Sie ist real.«

»Und jetzt? Was soll das bedeuten? Was sind das für Flugobjekte am Himmel?«

»Ich bin mir sicher, das wirst du bald erfahren«, lachte Pierre.

*

Shane strahlte vor Zufriedenheit. Sein Großvater ballte die Siegerfaust.

»Alina, nun kommt dein Einsatz. Die Dim-Felder sind weltweit geöffnet«, sagte Shane zu dem Kind.

Auf den Monitoren flackerte es. Die Dim-Felder über den Steinkreisen und Pyramiden schossen in die Höhe.

Alina lächelte. Dann hielt sie ihre Handflächen an ihre Ohren und schloss die Augen. Alle Augen waren nun auf sie gerichtet. Äußerlich war keine Veränderung sichtbar, nichts deutete darauf hin, dass etwas Außergewöhnliches vor sich ging. Plötzlich sprach sie mit lauter Stimme in einer Sprache, die keiner der Anwesenden verstand. Niemand unterbrach sie. Und dann, ohne Vorwarnung, sank das Wunderkind in die Knie. Tränchen kullerten ihr die Wangen hinab, doch es waren Freudentränen. Sie öffnete vorsichtig die

Augen, schaute einem nach dem anderen glückselig in die Augen.

»Es ist vollbracht«, hauchte sie leise.

Shane, sein Großvater und Becci tauschten fragende Blicke aus. Nichts besonderes war festzustellen. Auf den Monitoren dasselbe Flackern, ansonsten Stille.

»Bist du dir sicher?«, wollte Shane wissen.

Alina deutete auf einen der Bildschirme.

»Wartet es ab.«

Von einer Sekunde auf die andere erloschen die Übertragungen. Die Monitore schienen, in einen

Stand by Modus gefallen zu sein. Der Globus in der Mitte des Raumes drehte erst langsamer und stand plötzlich still.

»Rechner?«, versuchte der Großvater Informationen abzurufen. Keine Antwort.

»Alina, was geschieht hier?«, fragte der junge Regent.

Das Mädchen lachte. Becci spürte die Gänsehaut an Armen und Beinen.

Shane und sein Großvater fragten sich, ob dies ein Grund zur Sorge sein musste? Doch dann hörte man es knistern. Die Bildschirme flackerten auf. Der Globus begann, erneut zu rotieren. Und dann herrschte pure Aufregung. Was für ein Anblick. Nicht eine fliegende Untertasse durchflog das Dim-Feld, auch nicht zwei oder drei. Es mussten Hunderte, wenn nicht sogar Tausende sein. Über den ganzen

Erdball verstreut tauchten sie am Himmel auf. Die Größten unter ihnen schienen sämtliche Städte, die es gab anzusteuern. In jedem Distrikt verteilten sie sich über den ganzen Horizont. Und dann forderte Shane den Rechner auf, den Himmel oberhalb ihrer Kuppe, ihrer Metropole, dem Regierungssitz des ganzen Planeten, darzustellen. Welch ein prachtvolles Exemplar. Der runde Diskus über ihnen schien aus glänzendem Chrom zu bestehen, von den Sonnenstrahlen beleuchtet, konnte man meinen, ein runder Spiegel wäre am Firmament festgetackert. Aus seiner Mitte schoss ein heller Laserstrahl durch die Kuppe hindurch. Shane mutmaßte, dieser Strahl habe den Rechner lahmgelegt, wenn auch nur für kurze Zeit.

Sie alle kamen aus dem Staunen nicht mehr heraus, bis sich Alina an den Regenten wandte.

»Ich habe meinen Teil getan. Ich konnte dank der geöffneten Dim-Feldern telepathischen Kontakt aufnehmen und sie herbeordern. Nun bist du dran, Shane«.

Es war erstaunlich. Manchmal meinte man, einfach nur ein kleines Mädchen vor sich zu haben. Und dann erstaunte sie einen wiederum, gab sich wie eine Erwachsene.

Shane verstand.

»Rechner. Übertragung in alle Distrikte. Großformat auf alle Monitore in sämtliche Städte der Welt.«

Becci war gespannt, was als Nächstes kam. Und dann richtete der Herrscher der neuen Weltordnung sein Wort an alle Menschen da draußen. An die Oberschicht und an die Arbeiterklasse. An die Städter und die Abtrünnigen. Drohnen flogen über die Einöden, über Wüsten, in jede Ecke der Welt und lieferten eine Tonübertragung, damit auch alle davon erfahren konnten, dass ab jetzt, ab diesem Tag, ein neues Zeitalter anbrechen würde.

»Liebe Mitbürger und Mitbürgerinnen. Wie ihr alle sehen könnt, ist der Himmel bedeckt mit euch unbekannten Flugobjekten. Ich versichere euch, dass es keinen Grund zur Panik gibt. Ganz im Gegenteil. Heute ist ein Freudentag. Heute schreiben wir Geschichte. Wer unsere Besucher sind, werde ich euch in ausführlichen …«

Shane wollte gar nicht mehr aufhören zu sprechen. Doch als das Wichtigste mitgeteilt wurde, gab ihm der Großvater ein Zeichen. Es wäre so oder so nicht möglich, den Menschen die ganze Wahrheit in ein paar Sätzen mitzuteilen. Doch dafür würde es genügend Gelegenheiten geben.

*

Terry Gloster war schon gespannt auf die Aussagen der Gefangenen. Er vermutete, die O´Sullivans hatten endlich genug von diesen dreisten Abtrünnigen. Mit der Zeit häuften sich Fluchtversuche. Dies konnte nicht in ihrem Sinne sein, auch wenn sie keine ernsthafte Bedrohung darstellen konnten, war es nicht gerade erwünscht. So etwas konnte auch schnell zu einem Dominoeffekt führen. Man musste diesen abwanderungswilligen Strom endgültig eindämmen oder noch besser, ganz zum Erliegen bringen.

»Wo bleibt denn nur Thomas?«, ärgerte sich O´Sullivan.

Der Ärger war aber nur von kurzer Dauer. Er schlug nämlich urplötzlich erst in Staunen, dann in Panik um.

Zuerst spielte die Technik verrückt. Nichts schien mehr richtig funktionieren zu wollen. Die Headsets gaben nur ein nervtötendes Rauschen von sich. Die Monitore zeigten keine Übertragungen mehr. Dann schien der Fehler behoben zu sein. Doch lag hier ein Fehler im System vor, oder hatte eine fremde Macht eingewirkt? Dieser Verdacht erhärtete sich und wurde zur bitterbösen Überraschung.

O´Sullivan schlug sich mit der Hand mehrmals gegen die Stirn.

»Nein, Nein, Nein«, schrie er wie wild, als er die fliegenden Untertassen erblickte.

»Zum Henker, was ist das?«, stotterte der Sicherheitschef.

Aufregendes Stimmengewirr im ganzen Raum.

Womit hatte man es hier zu tun? Niemand hatte jemals solche Flugobjekte gesehen.

»Greift sie an«, schrie O´Sullivan.

»Womit denn?«, schrie Terry zurück, ohne jeglichen Respekt.

»Mit den Triangles. Womit den sonst?«, konterte Shanes Vater.

»Mit den paar Triangles, die wir besitzen …«

Terry wurde von dem Ruf eines Soldaten unterbrochen.

»Sir, Sir, schauen Sie hier.«

Er deutete auf einen kleinen Monitor vor ihm.

»Was gibt's da zu sehen?«, polterte O´Sullivan los.

»Die Triangles heben nicht ab. Sie senden keine Daten. Mir scheint, als ob man sie flugunfähig gemacht hätte.«

Die Aufregung schlug abermals in Erstaunen um.

Der Regent musste die Bedrohung, ja, diesen Angriff, selbstverständlich auch schon mitbekommen haben.

Er wandte sich nun per Live-Schaltung ans Volk, so wie es sich in Krisenzeiten für einen Herrscher gehörte. Doch O´Sullivan und die anderen bekamen nicht das zu hören, womit sie gerechnet hatten. Shane beruhigte zwar seine Untertanen, die er seltsamerweise, seine Mitbürger nannte, aber der Grund dafür war ein gänzlich anderer, als es der Hohe Rat und auch die Unterschicht von ihm erwartet hätte.

Der Regent strahlte Freude und Zuversicht aus. Ja, er begrüßte diese Fremden. Man konnte fast schon vermuten, er hätte diese Invasion eingeleitet.

Da dämmerte es seinem Vater.

»Das Wunderkind. Sie hat ihm wohl den Kopf verdreht. Das ist doch nicht zu fassen.«

O´Sullivan ließ sich kraftlos in den nächstgelegenen Sessel senken. Terry schaute ihn verwundert an.

»Glotz´ nicht so blöd. Setz dich lieber auch. Es gibt für uns nichts mehr zu tun. Warten wir ab, was auf uns zukommt.«

*

Eine Woche später.

»Vater, komm schon, ein herrliches Bankett wurde draußen vorbereitet. Onkel Quentin, kannst du ihn nicht davon überzeugen, sich zu uns zu gesellen?«

Shanes Vater kaute grimmig auf seiner Unterlippe herum.

»Ich glaube, dein Vater braucht eine Weile, bis er sich an die Veränderungen gewöhnen wird.«

»Woran gewöhnen?,« protestierte O´Sullivan, »an diese Götter?«

»Ich bitte dich. Du weißt doch wohl am besten, dass sie sich niemals als solche sahen, noch gesehen werden wollen. Unsere Familie gehörte zu denen, die sich von ihnen abgewandt haben. Lass uns Frieden schließen. Für eine glückliche und bessere Welt.«

»Ich wüsste nicht, was an der alten schlecht gewesen sein sollte.«

Shane winkte ab und ließ seinen Vater kopfschüttelnd zurück. Er wusste, dass er mit Hilfe seines Großvaters und dem Wunderkind alles richtig gemacht hatte,

Im Hof, vor dem Springbrunnen, mit dem Drachen in der Mitte, beobachtete er Alina.

Sie war gerade in ein Gespräch mit Loren und ihrer Mutter verwickelt.

»Aber, wie hast du das gemacht? Ich meine, ich hab´s doch mit eigenen Augen gesehen. Du hast ihnen nur die Hand aufgelegt und wie durch ein Wunder können sie nun wieder schmerzfrei gehen.«

Alina kicherte.

»Ach, das ist nicht so schwer. Ich bringe es dir noch bei«, versprach sie Loren.

Becci entdeckte den jungen O´Sullivan. Langsam trat sie lächelnd an ihn heran.

»Ich bin beeindruckt«, meinte sie.

»Kann ich gut verstehen«, erwiderte dieser.

»Und was hast du nun vor? Welche Pläne hast du?«

Er zuckte mit den Schultern.

»Es wird dauern. Die Menschen wissen nichts von der wahren Geschichte, von den heiligen Büchern, eigentlich wissen sie gar nichts. Über Generationen hinweg hat man sie manipuliert. Ja, es wird dauern«, bekräftigte er abermals.

»Da hast du aber viel zu tun«, bemerkte Becci.

»Wohl war, aber ich hab ja eine fleißige Helferin«, sagte er und deutete auf das kleine Mädchen.

»Gibt´s da auch noch etwas Raum für etwas anderes?«

Shane hob eine Augenbraue an.

»Was meinst du?«

»Ich dachte, an eine Frau, eine Beziehung. Du hast doch bestimmt ´ne große Auswahl.«

»Eigentlich nicht. Ich meine, es gäbe schon noch genügend Zeit dazu, wenn die passende da wäre.«

Becci grinste.

»Manchmal ist sie einem näher, als man denkt.«

Shane verstand. Vielleicht, nein, nicht vielleicht, korrigierte er sich in Gedanken selber. Er würde mit Sicherheit noch mehr Zeit mit Becci verbringen. Nun, musste es unter anderem auch Zeit für die angenehmen Dinge im Leben geben.

»Becci?«, sprach er vorsichtig ihren Namen aus.

»Ja?«

»Vermisst du dein Zuhause?«

»Natürlich. Ein wenig schon. Aber …«

»Aber?«

»Ich habe versprochen, mich um Alina gut zu kümmern und wenn ich mich recht erinnere, versprach sie ihren Eltern, eines Tages zurückzukehren. Bis dahin werde ich wohl hier bleiben, wenn du mir eine Unterkunft besorgen kannst.«

Shane lachte.

»Ich werde mich drum kümmern.«

Nichts anderes wollte sie hören. Sie nahm seine Hand und die beiden liefen hinüber zu den anderen.

Ein faszinierendes Bild. Die Schöpfer vereint mit ihren direkten Nachfahren und den Menschen, die sie geschaffen hatten, um diese Dimensionen zu besiedeln.

*

Susi bereitete gerade das Mittagessen vor. Im Wohnzimmer nebenan war der Fernseher eingeschalten. Stipe lag auf der Couch und döste vor sich hin. Plötzlich wurde ihr es warm ums Herz, sie spürte so eine Liebe, so ein allumfassendes Gefühl, wie sie es schon lange nicht mehr gefühlt hatte.

Sofort stiegen in ihr Bilder von Alina auf. Sie hatte fast ununterbrochen geweint, nachdem sie weg war, beruhigte sich dann selbst wieder, rief sich immer wieder ihre letzten Worte ins Gedächtnis. Sie hatte es versprochen. Sie wird wiederkommen. Irgendwann. Bis dahin musste sie ihr Leben einigermaßen meistern. Es musste weitergehen.

Die Stimme aus dem Fernsehgerät drang an ihr Ohr und riss sie aus ihren Gedanken.

Wir unterbrechen unsere Sendung aufgrund unerwarteter Ereignisse. Die führenden Politiker, Staatspräsidenten, Bundeskanzler und Monarchen haben eine Sitzung vereinbart, in der grundlegende, weltweite Änderungen besprochen werden sollen. Einige der Themenpunkte beziehen sich auf die Abschaffung des Zinssystems. Weiterhin suche man nach einer Lösung, um das Hungern in den ärmsten Ländern der Welt zu beseitigen. Nahrung ist ein Grundrecht, so ist man sich einig, genau so verhalte es sich mit Wohnraum. Auch hierfür soll eine Variante ausgearbeitet werden, in der es jedem Menschen möglich sein muss, kostenlos wohnen zu dürfen. Wir berichten gleich im Anschluss in einer Sondersendung von den aktuellen Geschehnissen.

Susi war ins Zimmer gerannt und hatte sofort ihren Mann wachgerüttelt.

»Das ist doch Fantasterei«, meinte Stipe noch verschlafen.

»Das glaube ich ganz und gar nicht.«

»Und wie kommst du zu dieser Überzeugung«, fragte Stipe kritisch.

»Ich hatte eben ein unbeschreibliches Gefühl, als ich in der Küche war. Und dann hörte ich diese Meldung.«

»Ja und?«

»Stipe, verstehst du denn nicht?«

Er schaute sie etwas bedröppelt an.

»Was verstehe ich denn jetzt schon wieder nicht?«

Susi lächelte überglücklich.

»Unserem Mädchen geht es gut. Sie lebt und ihr geht es gut. Was auch immer sie getan hat, aber diese Meldungen hängen definitiv damit zusammen.«

Stipe stierte die Decke an, ordnete seine Gedanken.

»Woher willst du das so sicher wissen?«

Susi ließ sich nicht verunsichern. Sie wusste es einfach.

»Oh Stipe, eine Mutter spürt so etwas.«

Sie schlang ihre Arme um ihn und küsste ihn innigst.

Alles war gut. Und eines Tages würde auch ihr Stipe dies noch feststellen.

ENDE

John D. Sikavica, am 08.02.1974 in Mühlacker als Kind kroatischer Gastarbeiter geboren, verbrachte die ersten Jahre bei einer deutschen Familie und durfte deshalb zweisprachig aufwachsen und zwei unterschiedliche Mentalitäten kennenlernen. Er ist verheiratet und lebt inzwischen mit seiner Frau in Baden-Württemberg. Als Bodensteward begegnet er am Flughafen täglich den unterschiedlichsten Menschen. Dies kommt ihm beim Schreiben und entwickeln der verschiedenen Charaktere zugute. Seit seiner Jugend ist das Schreiben seine Leidenschaft.

Bisher erschienen:

- Phase 7 – Der Schöpfermythos

(SciFi – Mystery)

- Mister Toth – Die verlorene Ewigkeit

(Urban - Fantasy)

John D. Sikavica

Phase 7 – Der Schöpfermythos

Taschenbuch: 172 Seiten

Verlag: Books on Demand

ISBN: 978-3842336476

In der Sendung: Na rubu znanosti (Grenzwissenschaften) wurde im kroatischen Fernsehen ein Funkgespräch von der Polizei der Öffentlichkeit präsentiert, welches eine UFO-Sichtung dokumentiert.

Daraus hat John D. Sikavica eine fiktive Story entworfen. Eine Gruppe Auserwählter sieht sich im Verlauf ihrer fluchtartigen Reise mit der Tatsache konfrontiert, dass unsere Realität nur eine von vielen ist. In einem spannenden Überlebenskampf ist das Ziel der Hauptprotagonisten herauszufinden, wer sich hinter den beiden konträren Parteien tatsächlich verbirgt, die urplötzlich ihr Leben auf drastische Art und Weise beeinflussen und welches Motiv jene antreibt.

Dieser Roman ist nicht nur für Freunde des Genres Science-Fiction, Präastronautik oder der Grenzwissenschaften zu empfehlen, sondern durch seine übersichtliche Länge auch für Leser/innen die gerne etwas Neues entdecken.

John D. Sikavica

Mister Toth – Die verlorene Ewigkeit

Taschenbuch: 248 Seiten

Verlag: Books on Demand

ISBN: 978-3744886642

Mein Name ist Toth, Vincent Toth und ich gestatte Ihnen einen Einblick in meinen persönlichen Werdegang als Freund Hein. Ja, Sie haben richtig gelesen. Ich bin der sogenannte Sensenmann, zumindest einer von ihnen. Selbstverständlich mache ich das nicht ganz ohne Eigeninteresse. Bedauerlicherweise habe ich mich nämlich, nicht zum ersten Mal übrigens, in eine missliche Lage gebracht und da sich die Meinen scheinbar einen feuchten Dreck darum scheren, wie ich wieder in meine Sphären zurückfinde, sehe ich durch die Veröffentlichung meines Wirkens unter euch Erdenmenschen eine vage Hoffnung, mich wieder zu dematerialisieren und mein Bewusstsein die Heimreise antreten zu lassen. Wäre da nicht diese blonde Journalistin.

Ein spannender, humorgeladener Urban-Fantasy-Roman. Eine Liebe, welche die Grenzen der Dimensionen zu ignorieren gewillt ist, doch magische Kräfte und eine Gesellschaft der schwarzen Künste verfolgen andere Ziele.

Eliza Stark

Acheron Chronicles

Taschenbuch: 173 Seiten

ISBN-13: 978-1709066498

Captain Laia Williams wird von der acheronischen Regierung beauftragt, die Nichte der Premierministerin auf die Weltraumplattform Rising Star Seven zu begleiten. Sie sollen mit diesem mächtigen Wirtschaftskonglomerat Verhandlungen aufnehmen, um Vorteile im nahenden Krieg mit den Shio zu sichern. Dabei trifft sie eine junge Frau, die von einem Sklavenschiff entkommen ist, und sie verzweifelt um Hilfe bittet. Zusammen machen sie sich auf den Weg, die vielen anderen Gefangenen aus der Sklaverei zu befreien. Sie entdecken Geheimnisse, die nicht nur Laias Freundschaft zur Yaronerin Merin Jules gefährden, sondern auch den Frieden mit der Yaron-Kolonie selbst aufs Spiel setzen. Wird es ihr gelingen, aus dieser angespannten Lage zu entkommen, ohne einen Krieg zu entfachen?